Stefanie Heckl

Der tödliche Bratapfel-Likör

24 Rätselkrimis im Advent

benno

Bibliografische Information der Deutschen Nationalbibliothek
Die Deutsche Nationalbibliothek verzeichnet diese Publikation in der Deutschen Nationalbibliografie; detaillierte bibliografische Daten sind im Internet unter http://dnb.d-nb.de abrufbar.

Besuchen Sie uns im Internet:
www.st-benno.de

Gern informieren wir Sie unverbindlich und aktuell auch in unserem Newsletter zum Verlagsprogramm, zu Neuerscheinungen und Aktionen.
Einfach anmelden unter www.st-benno.de.

ISBN 978-3-7462-5942-0

Umschlaggestaltung: Ulrike Vetter, Leipzig
Umschlagabbildungen: © kolopach/Shutterstock (Giftflasche), © Zayats_art/Shutterstock (Bratapfel)
Innenteil: © jagoda/Shutterstock, © VKA/Fotolia
Gesamtherstellung: Kontext, Dresden (A)

Kriminelle Energien im Advent

Ein Wort zuvor

Also mein Kollege, Kommissar Harald Bloch, der ist echt in Ordnung. Ich darf ihn Harry nennen. Was ich an ihm schätze: Er bewahrt einen kühlen Kopf. Schon damals, als ich vor drei Jahren direkt nach der Ausbildung als Polizist anfing – das war zufälligerweise auch grade im Advent –, da meinte er zu mir: „Jetzt beginnt die heiße Phase des Jahres. Da müssen wir uns warm anziehen.“ Was ja ein Widerspruch in sich ist. Aber er meinte eigentlich: „kühlen Kopf bewahren“! Mit sprachlichen Feinheiten hat er es nicht so. Und er erklärte mir, dass im Advent oft ganz besondere kriminelle Energien freigesetzt werden.

Manchmal ist der Harry ein bisschen wortkarg. Ich glaube, andere Menschen nerven ihn schnell, besonders wenn sie viel reden oder „Blender“ sind. Ich bin mir nicht sicher, ob das in diesem Beruf so gut ist. Aber egal, er meint es nicht böse. Harry ist gefühlt doppelt so alt wie ich und hat entsprechend mehr Erfahrung. Aber es gibt trotzdem ein paar Dinge, die ich besser kann als er. Zum Beispiel bin ich sehr genau und schreib mir alles auf. Und bei der Zeugenvernehmung, da ist Harry nicht immer einfühlsam.

Bei den meisten Kollegen ist er einigermaßen beliebt. Und

das, obwohl er ganz schön grantig sein kann. Ich weiß aber, was da hilft: Ich stell einfach ein paar Lebkuchen hin oder einen halben Stollen, der dann scheibchenweise verschwindet. Und anschließend hat Harry gute Laune und pfeift „Es kommt ein Schiff, geladen“.
Na, jetzt ist es wieder so weit. Mal schauen, was der Advent in diesem Jahr bringt. Falls Ihnen zu sehr der Kopf raucht und Sie beim Ermitteln irgendwo feststecken: Am Ende des Buches finden Sie sachdienliche Hinweise zur Lösung.

Alles Gute und bewahren Sie einen kühlen Kopf!
Ihr Kommissar
Markus Jaschke

Der mörderische Eiszapfen

Ganz anders als in den vorherigen Jahren hatte es diesmal bereits Ende November kräftig geschneit. Anfang Dezember legten Schneemassen den Verkehr in der Stadt lahm und alle hofften auf weiße Weihnachten. Die Menschen freuten sich am Schnee oder fluchten darüber, je nach Temperament und Stresspegel. Kinder bauten Schneemänner und fuhren jeden verfügbaren Hügel mit Schlitten herunter. Doch zu den Winterfreuden kamen auch Leiden. Es gab Verkehrsunfälle, Menschen, die in zugefrorene Seen einbrachen, und eines Morgens wurde Kommissar Bloch sogar an einen Unglücksort gerufen, wo jemand beim morgendlichen Schneeschippen von einem Eiszapfen erschlagen worden war.

Die Kommissare Harald Bloch und Markus Jaschke kämpften sich durch den Vormittagsverkehr. Die Hauptstraßen waren geräumt, Nebenstraßen aber noch nicht. Immer wieder sahen sie Autos, die im Schnee steckengeblieben waren. Jaschke fuhr, während Bloch neben ihm einen Pappbecher mit zu heißem Kaffee balancierte, den er nicht richtig anfassen konnte.

„Meinst du, wir kriegen heute den Drogeriemarkterpresser?“, fragte Jaschke. Für den Nachmittag war eine Lösegeldübergabe geplant und Jaschke war schon ziemlich aufgeregt. Harry Bloch zuckte mit den Schultern. „Werden wir dann sehen.“

Er hatte die Gabe, sich vollkommen auf den Fall, der direkt vor ihm lag, zu konzentrieren und alles andere auszublenden. Manch einer missverstand das als Desinteresse. Privat war das ähnlich, zum Beispiel wenn seine Frau Daniela ihn fragte, ob er übernächsten Samstag mit zu ihrer Mutter kommen wolle. Was interessierte ihn der übernächste Samstag, wo die Gegenwart doch meist viel dringlicher war? Gerade eben hatte er sich beispielsweise heißen Kaffee über die Knie geschüttet. Bloch fluchte lautstark und Jaschke entschuldigte sich dreimal, dass er nicht ruhiger gefahren war.

Sie trafen zeitgleich mit dem Notarzt am Unglücksort ein. Es war eine ruhige Gegend mit Doppelhaushälften. Den Notruf hatte der Nachbar des Verunglückten gewählt, der zur selben Zeit ebenfalls seine Einfahrt vom Schnee freiräumte. Bei dem Verunglückten – der Notarzt konnte nur noch den Tod feststellen – standen außer dem Nachbarn drei Personen: eine Frau etwa im Alter des Toten in einer schwarzen Hose, rotem Pullover und Pantoffeln, eine jüngere Frau mit feuchten Haaren in einem rosafarbenen Bademantel und ein junger Mann in Jeans, Turnschuhen und einem grauen Pullover, unter dem der Kragen eines karierten Hemdes hervorschaute. Alle waren starr vor Schreck. Wie sich herausstellte, handelte es sich um die Ehefrau des Verstorbenen sowie seine Schwiegertochter und seinen Sohn, die zu Besuch waren.

„Ich habe gerade Schnee geschippt", berichtete der Nachbar, „da höre ich plötzlich so ein Krachen und wie ich mich umdrehe, liegt der Andreas da."

Kommissar Bloch sah nach oben, wo sich ein beachtlicher Eiszapfen, der nun in Einzelteile zerschollen am Boden lag, vom Dach gelöst haben musste. „Und dabei ist doch gar kein Tauwetter", sagte er leise zu sich. „Na, sieh mal einer an!" Kommissar Jaschke hatte es zeitgleich mit ihm bemerkt: Der Eiszapfen musste von einer Dachlawine mitgerissen worden sein, die sich unterhalb eines Dachfensters gelöst hatte. An mehreren Stellen hingen enorme Eiszapfen und das Dach lag voller Schnee. Nur an dieser einen Stelle waren Schnee und Eis mit Wucht heruntergekommen.

„Ob da jemand nachgeholfen hat?", sprach Jaschke Blochs Gedanken aus. „Kann man von einem Dachfenster aus so eine Lawine ins Rollen bringen?"

„Das müssen wir überprüfen", sagte Bloch, woraufhin Jaschkes Augen zu leuchten begannen.

Die Frau des Verstorbenen bestätigte Kommissar Bloch, dass das fragliche Dachfenster zu ihrer Hälfte des Hauses gehörte und der Nachbar keinen Zugang zu dem Teil des Dachbodens hatte. Anschließend befragte Bloch die einzelnen Personen, was sie an diesem Morgen gemacht hatten.

„Ich bin vor Andreas aufgestanden", berichtete die Witwe. „Ich schlafe seit einiger Zeit schlecht und werde immer schon sehr früh wach. Dann habe ich ein bisschen in der Küche gelesen, eine Tasse Kaffee getrunken und später, als Andreas aufgestanden war, für alle Frühstück vorbereitet. Andreas ist rausgegangen, um vor dem Frühstück Schnee zu schippen, und plötzlich klingelte der Nachbar bei mir Sturm."

Der Sohn gab an, noch im Gästezimmer gewesen zu sein, als der markerschütternde Schrei seiner Mutter ihn aus dem Bett geholt hatte. „Ich hab noch geschlafen. Annika, meine Frau, war schon im Bad. Aber ich war ziemlich müde nach der langen Fahrt. Wir sind ja gestern erst von Zürich aus angereist. Der Schrei meiner Mutter hat mich geweckt und ich hab nicht lange überlegt, sondern bin sofort nach unten gerannt. Als ich runterkam, stand sie mit dem Nachbarn draußen und mein Vater lag da und ..." – Die Stimme versagte ihm und er schnäuzte sich in ein Taschentuch.

Der Schwiegertochter kamen nun ebenfalls die Tränen. Gleichzeitig zitterte sie trotz des Bademantels am ganzen Körper. Bloch dachte daran, wie ihn seine Großmutter immer davor gewarnt hatte, mit nassen Haaren rauszugehen. Kommissar Jaschke nickte ihr ermutigend zu und sie begann, mit zittriger Stimme zu erzählen: „Ich kam gerade aus der Dusche und wollte mir eben die Haare föhnen, als ich meine Schwiegermama draußen hab schreien hören. Das klang so ... also da wusste ich gleich, dass etwas ganz Schreckliches passiert sein musste, und bin runtergerannt."

„Vielen Dank für Ihre Aussage." Jaschke, der eifrig mitgeschrieben hatte, war die Freundlichkeit in Person. „Das reicht uns erst mal. Sollten wir noch weitere Fragen haben, dann würden wir ..."

„Moment", unterbrach ihn Kommissar Bloch. „Das reicht uns leider noch nicht."

– Wen wird er nun weiter befragen?

2

Früher Vogel

Robert Matischek wurde von seiner Frau als vermisst gemeldet, nachdem er einen ganzen Tag verschwunden war. Am Mittwochabend war er zu seinem Stammtisch gegangen, über Nacht nicht nach Hause gekommen, am Donnerstag nicht bei der Arbeit aufgetaucht und auch am Donnerstagabend fehlte von ihm jede Spur.

Seine Frau, Marlies Matischek, war nicht sonderlich gesprächig. Kommissar Bloch hatte Mühe, ihr brauchbare Informationen zu entlocken. Mit wem er sich bei seinem Stammtisch traf, wusste sie nicht, und es schien sie auch nicht zu interessieren. Anscheinend verbrachte ihr Gatte die meisten Abende im „Zapfenstreich“. Bloch notierte sich die Adresse der Gastwirtschaft. Diese Kneipe würde er als Nächstes aufsuchen. Auch nach der Arbeitsstelle des Vermissten fragte er: Matischek war Hausmeister der Marienkirche. Kommissar Bloch machte sich eine Notiz, den Pfarrer anzurufen.

„Der wird Ihnen nicht viel sagen können“, unkte Frau Matischek. „Robert hat erst vor zwei Wochen dort angefangen. Er wechselt häufig den Job. Davor war er Hausmeister an einer Schule und davor Straßenbahnfahrer und davor Fahrer bei der ...“

„Vielen Dank“, unterbrach Bloch die Aufzählung. Er schaute angestrengt auf seine Aufzeichnungen. „Erzählen Sie mir bitte noch mal der Reihe nach, was gestern Abend passiert ist."

Frau Matischek seufzte hörbar. „Das hab ich Ihnen jetzt schon zwei Mal erzählt. Sie haben doch sogar mitgeschrieben."

„Vielleicht fällt Ihnen noch ein Detail ein, das Sie bisher nicht erwähnt haben."

„Na, wenn Sie meinen. Also gestern Abend zwischen sechs und sieben kam Robert nach Hause. Er war beim Fleischer gewesen und hatte Steaks gekauft. Ich habe gerade die Spülmaschine ausgeräumt, als er kam. Und dann ..."

„Worüber haben Sie da eigentlich geredet?"

„Wir haben uns über ein paar Rechnungen ... unterhalten. Die sollte Robert bezahlen, hatte er aber nicht und ich hab die Mahnungen gefunden."

„Sie haben sich gestritten?"

„Nein. Na ja, ein bisschen. Robert ist sehr unzuverlässig. Er ist dann in seine Stammkneipe gegangen. Ich hab ferngesehen und bin gegen 22 Uhr ins Bett gegangen. Und als ich heute Morgen um sechs Uhr aufgewacht bin, war ich in Eile, weil ich den Wecker nicht gehört hatte und nur zufällig von Vogelgezwitscher geweckt wurde. Deswegen hab ich nicht so genau nachgesehen, ob er vielleicht im anderen Zimmer übernachtet hat. Aber heute Abend kam er auch nicht nach Hause. Vielleicht ist er gestern betrunken gefahren und hatte einen Unfall und ist irgendeine Böschung hinuntergerast." Frau Matischek sah den Kommissar völlig gefasst an, als sie das sagte. Der Kommissar nickte. „Schon möglich. Wir ermitteln in alle Richtungen. Aber sagen Sie noch mal, Frau Matischek, kann es nicht sein, dass er doch nach Hause gekommen ist in der Nacht? Haben Sie nichts gehört oder sind mal wach geworden?"

„Ich? Nein. Ich werde nachts so gut wie nie wach und ich höre auch nichts. Ich trage nämlich grundsätzlich Ohrstöpsel. Wissen Sie, mein Mann schnarcht. Deswegen schlafen wir meist getrennt."
„Verstehe. Und den Wecker haben Sie überhört."
„Ja, leider. Ich hab geschlafen wie ein Stein."
Kommissar Bloch kramte umständlich nach einem Taschentuch und schnäuzte sich. Solche Situationen waren ihm unangenehm. Glücklicherweise hatte er sich noch nie so mit seiner Frau gestritten, dass er hinterher in die Kneipe hätte flüchten wollen. Dass hier etwas im Argen lag und die Frau ihn glatt anlog, war sonnenklar.
– Was erscheint ihm verdächtig?

Mord an der Orgel

Friedemann Stanz, der Organist der Johanniskirche, war ermordet worden. Er musste mitten im Spiel gewesen sein – das Licht an der Orgel war noch eingeschaltet und die Noten zu Guilmants „Noëls“ lagen aufgeschlagen auf dem Pult. Sein Körper war von der Orgelbank gerutscht; ein Schuss hatte ihn mitten ins Herz getroffen. Der Küster, Matthias Preller, hatte ihn am späten Abend gefunden und die Polizei verständigt. Nun machte er seine Aussage. Zunächst schien er noch völlig unter Schock zu stehen und bekam kaum ein Wort heraus, aber Kommissar Jaschke nickte ihm immer wieder ermutigend zu, und irgendwann konnte er recht flüssig berichten.

„Es war abends so gegen neun und ich wollte noch nach dem Rechten sehen“, erzählte Herr Preller. „Um sieben hat der Posaunenchor in der Kirche geprobt und ich wollte schauen, ob sie wieder ordentlich abgeschlossen hatten. Aber schon von außen hab ich gesehen, dass noch Licht in der Kirche war. Abgeschlossen war auch nicht.“

„Wie lang sollte der Posaunenchor denn proben?“, fragte Jaschke.

„Normalerweise bis halb neun. Als ich das Licht gesehen habe, hab ich mir noch nichts weiter dabei gedacht.

Kann ja mal passieren, dass es länger dauert. Nächsten Sonntag gestalten sie den Gottesdienst musikalisch; da mussten sie vielleicht länger proben, dachte ich. Aber dann, als ich in die Kirche hineinkam ..." Der Küster verstummte und starrte ins Leere.

Kommissar Bloch wollte schon ungeduldig nachhaken, aber Jaschke kam ihm zuvor. Er hatte die ganze Zeit mechanisch genickt und fragte nun: „Woran haben Sie gemerkt, dass etwas nicht stimmte?"

„Die Stille. Es war keine Musik zu hören und auch sonst nichts." Der Küster seufzte tief auf. „Ich bin also rumgegangen und hab alle Lichter ausgeschaltet. Am Schluss hab ich gesehen, dass oben auf der Orgelempore auch noch Licht ist. Das ließ sich von unten nicht ausschalten. Ich bin also hoch ... und da hab ich ihn gesehen."

„Und dann?"

„Ich dachte erst, er sei nur verletzt, und wollte ihm helfen. Aber er war tot – allerdings noch warm. Ich wollte gerade die 110 rufen, da hab ich unten im Kirchenschiff ein Geräusch gehört."

„Was für ein Geräusch?"

„So ein kurzes Poltern. Ich dachte gleich, der Mörder ist noch in der Kirche und will flüchten. Ich hab nicht erst nach unten geschaut, sondern bin sofort die Treppe runtergerannt. Und als ich unten ankomme, sehe ich gerade noch, wie am Ende des Mittelganges eine dunkle Gestalt die Kirche verlässt. Ich bin zwar hinterhergerannt, konnte ihn aber nicht einholen. Der war echt schnell und draußen hab ich ihn sehr bald aus den Augen verloren."

„Können Sie den Mann beschreiben?", fragte Bloch routiniert und Jaschke zückte seinen Notizblock.

„Er war ziemlich groß, bestimmt 1,90, und schlank. Trug dunkle Kleidung, also alles irgendwie schwarz oder dunkelgrau: Mütze, kurze Jacke, dunkle Hose und dunkle Schuhe."
„Sehr gut", lobte Jaschke die Beobachtungsgabe des Küsters und schrieb mit. „Überlegen Sie gut. Fällt Ihnen noch etwas ein?"
„Hm, er wirkte nicht ganz jung. Zwar sehr sportlich, aber irgendwas in seinen Bewegungen ... also ich denke, er war schon so Ende Dreißig bis Ende Vierzig. Die Hose könnte eine Cordhose gewesen sein. Und die Jacke, die hatte einen Kragen, also keine Kapuze. Ich glaube, er hatte auch dunkle Handschuhe an."
„Wirklich sehr gut", lobte Jaschke wieder. „Bei dem Alter sind Sie sich sicher?"
„Ja, schon, ich könnte gar nicht genau sagen, warum ... Ach doch, jetzt fällt es mir wieder ein. Sein Haar war oben schon ein bisschen gelichtet. Also nicht direkt Halbglatze, aber ... Sie verstehen."
„Ja, okay", sagte Jaschke und schrieb weiter.
„Ich glaube, wir können dem Ganzen allmählich ein Ende machen", sagte Kommissar Bloch an den Küster gewandt. „Sie haben offensichtlich eine blühende Fantasie."
– Wieso glaubt er Herrn Preller nicht?

Schiefer Haussegen

Endlich hatte Harry Bloch mal wieder Zeit für seinen alten Freund und ehemaligen Kollegen Rudolf Scheffel. Früher hatten sie trotz ihres Altersunterschiedes auch außerhalb des Jobs manches zusammen unternommen und hatten im gleichen Verein Volleyball gespielt. Kriminalhauptkommissar Scheffel i.R. war seit beinahe fünf Jahren in Rente. Zur Feier des Tages gingen sie zu einem Bistro um die Ecke, wo man ein recht ordentliches Schnitzel bekam. Die Mittagspause würde dadurch etwas länger werden als gewöhnlich, aber Harry hatte in letzter Zeit so viele Überstunden angesammelt, dass er kein schlechtes Gewissen hatte. Sie unterhielten sich angeregt über dies und das, wobei Harry wie meistens weniger redete und mehr zuhörte.

„Und, auch zu Hause alles gut?", fragte Rudi schließlich, nachdem sie genug über die Arbeit gesprochen hatten. „Deine Daniela? Dein Sohn?"

„Alles in Ordnung", bestätigte Bloch. „Na ja, es gibt schon mal Stress zwischendurch, aber wir ruckeln uns immer wieder zurecht." Er nahm einen tiefen Schluck von seinem alkoholfreien Bier. Ihm war schon bewusst, was er an seiner Familie hatte, auch wenn er normalerweise nicht darüber nachdachte. Dann fragte er: „Und bei dir?“ Er fragte es nicht leichtherzig, war ihm doch bekannt, dass der alte Freund seit vielen Jahren ungelöste Eheprobleme hatte.

„Ach, was soll ich sagen?“, begann Rudi. „Jetzt bin ich schon so alt, nun lohnt sich eine Scheidung auch nicht mehr.“

„Ist es schlimmer geworden?“, fragte Harry vorsichtig und säbelte an seinem Schnitzel herum. Dieses ganze Gespräch berührte ihn unangenehm. Er sprach sonst nicht über solche Dinge. Aber Rudi hatte nun einmal damit angefangen.

„Schlimmer? Vielleicht, ja“, gab Rudi zu. „Heidrun war ja sonst immer viel unterwegs, aber seit sie sich vor drei Wochen den Knöchel gebrochen hat und immer zu Hause ist ... Sie ist halt schnell gereizt. Ach, was soll's.“ Er leerte sein Glas Bier. Danach wechselte er das Gesprächsthema. Nachdem sie Erfreulicheres besprochen hatten und Harry noch ein zweites alkoholfreies Bier und Rudi ein „Herrengedeck“ getrunken hatte, brachen sie auf.

„Ich geh noch ein Stück in deine Richtung“, sagte Rudi draußen, blieb aber prompt stehen. „Ach, da fällt mir ein, ich soll ja einkaufen gehen.“ Umständlich kramte er aus seiner Hosentasche einen Zettel hervor und studierte ihn, wobei er ihn auf Armeslänge von sich weghielt und die Augen leicht zukniff. Der alte Rudi könnte längst eine Brille gebrauchen, dachte Harry belustigt.

„Komisch“, murmelte Rudi. „Jetzt soll ich schon zum dritten Mal diese Woche Muskatnuss mitbringen. Zwei Gewürzgläschen Muskat stehen schon zu Hause. Heidrun wird doch nicht langsam dement werden?“

Sie gingen weiter und Harald Bloch starrte gedanken-

verloren vor sich hin. „Sag mal“, begann er nach einer Weile, „hattest du nicht kürzlich diese schwere Virusinfektion, bei der man den Geschmackssinn verliert?“
„Stimmt“, sagte Rudi. „Ich hab’s aber gut überstanden. Unkraut vergeht halt nicht, weißt du.“
„Und, hast du ihn wieder?“, fragte Harry gespannt.
„Wen?“
„Den Geschmackssinn!“
„Noch nicht. Aber das wird wieder. Mein Arzt hat mich schon beruhigt. Warum fragst du?“
Harald Bloch kratzte sich verlegen an der Nase. Wie sollte er das dem Freund beibringen?
– Welchen Gedanken hat der Kommissar?

5

Die entführte Madonna

Aus der kleinen Wallfahrtskirche „Zum Heiligsten Kreuz" war eines Nachts die berühmte spätgotische Mondsichelmadonna gestohlen worden. Nachdem die Ermittlungen in den ersten Tagen kaum vorangekommen waren, war vor einer Woche eine Belohnung von 10.000 Euro für Hinweise ausgesetzt worden, die zur Wiederbeschaffung der wertvollen Holzfigur aus dem Umfeld des Renaissancemeisters Tilman Riemenschneider führten. Seitdem stand das Telefon in der Polizeidienststelle nicht mehr still. Ständig wollte jemand irgendwo die Madonna von Riemenschneider gesehen haben. Da die allermeisten Anrufe sich als völlig gegenstandslos herausstellten, war der Telefondienst nicht sehr beliebt und die Kollegen versuchten, erst mit einigen Testfragen festzustellen, ob es sich lohnte, einem Hinweis nachzugehen.

Eben hatte Kommissar Jaschke einen solchen Anruf in der Leitung und schaute hilfesuchend zu seinem Kollegen Bloch, der die Blicke ignorierte, weil er gerade anderes im Kopf hatte.

„Ja, Frau Riemenschneider, ich höre? Ach nein, Verzeihung, Frau Schneider. Sie haben die Madonna von Riemenschneider gesehen?", fragte Jaschke.

„Richtig, Herr Oberwachtmeister, die entführte Madonna", rief eine Frau am anderen Ende der Leitung so laut, dass

sogar Bloch sie hören konnte. „Bei meinen Nachbarn, den Huchs. Die haben ja den ganzen Garten voller Kitsch."
„Moment. Sie haben die gestohlene Madonna bei Ihren Nachbarn im Garten gesehen?"
„Nein, natürlich nicht. Im Garten wäre ja nicht verdächtig. Der steht ja sowieso voller billigem Klimbim. Was glauben denn Sie!? Gartenzwerge und Tiere aus Keramik und jetzt auch noch ein Rentierschlitten."
„Und die Madonna?", versuchte Jaschke zaghaft, das Gespräch zu lenken.
„Stellen Sie sich vor, einen blinkenden Rentierschlitten! Also so was Geschmackloses!"
„Die Madonna!"
„Ja, genau! Deswegen rufe ich doch an. Die haben sie eben nicht in den Garten gestellt, sondern in den Wintergarten. Und die Gardinen haben sie vorgezogen, sodass man sie nur sieht, wenn man ganz nah rangeht und unter der Gardine hineinlugt."
„Sind Sie sich sicher, dass das die gestohlene Madonna ist?", fragte Jaschke. „Wo steht sie denn drauf?"
„Wie bitte?"
„Was sehen Sie zu Füßen der Madonna?"
„Ach so. Ein Rosenbouquet. Sie wissen doch: Maria durch ein Dornwald ging, Kyrieleison."
„Rosen?"
„Da haben die Dornen Rosen getragen. Wie in den Lied! Aber woran ich sie gleich erkannt habe, das ist die Schnitzweise."
„Die Schnitzweise? Was ist Ihnen denn da aufgefallen?"
„Na, die ist irgendwie so gotisch. Und nicht bemalt. Sonst ist der ganze Kitsch bei Huchs immer bunt angemalt. Aber in der Beschreibung stand ja: unbemaltes Eichenholz."

„Richtig, das stand da", Kommissar Jaschke versuchte mit leicht gequältem Gesichtsausdruck, das Gespräch zu beenden. „Vielen Dank für den Hinweis, Frau Riemenschneider."

„Schneider. Und die Belohnung?"

„Ich fürchte, das ist die falsche Madonna."

„Wieso?"

– Ja, wieso?

Knecht Ruprecht

Sören Heintzsch, der Sohn eines wohlhabenden Unternehmers, war entführt worden. Zuletzt war der junge Mann, der im Herbst ein BWL-Studium begonnen hatte, bei einer Vorlesung gesehen worden. Am Tag nach seinem Verschwinden erreichte Heintzsch senior ein Erpresserschreiben, das mit „Knecht Ruprecht“ unterzeichnet war. Knecht Ruprecht forderte zwei Millionen Euro Lösegeld für den Unternehmersohn; Details zur Lösegeldübergabe würden in Kürze folgen. Entgegen der Anweisungen von Knecht Ruprecht schaltete Heintzsch senior sofort die Polizei ein. Kurz darauf wurde ihm ein Videoclip zugeschickt, den er nun gemeinsam mit Kommissar Harald Bloch und dessen Kollegen Kommissar Jaschke zum wiederholten Mal ansah.

Das Bild zeigte den entführten Sören Heintzsch, die mit Kabelbinder gefesselten Hände lagen vor ihm auf einem Tisch. Er schaute kaum in die Kamera, sondern las mit stockender Stimme einen vorbereiteten Text von einem Zettel ab, der vor ihm lag. Knecht Ruprecht verlange für seine Freilassung zwei Millionen Euro in kleinen Scheinen, die am Freitag dieser Woche 17 Uhr in einem Müllcontainer an einem Rastplatz an der A14 in der Nähe von Grimma deponiert werden sollten. Freitagnachmittag – bis dahin waren es noch zwei Tage. Ausgerechnet im dichtesten Feierabendverkehr, dachte Bloch. Laut fragte er den Unternehmer: „Kennen Sie das Gebäude? Hat das vielleicht mit Ihrem Unternehmen zu tun? Ein Zulieferer oder eine frühere Produktionsstätte?" Heintzsch senior schüttelte den Kopf. Und Bloch versuchte sich vergeblich zu erinnern, was die Firma eigentlich produzierte. Vorhin erst hatte der Unternehmer es doch erwähnt – technische Apparate, irgendwas mit Maschinenbau?

„Sieht aus wie eine Industriebrache", meinte Jaschke. „Das könnte überall sein."

Tatsächlich saß der junge Heintzsch in einer ziemlich marode wirkenden leeren Halle, im Hintergrund waren mehrere eingeschlagene Fenster zu sehen und etwas, das wie der untere Teil eines großen Schornsteins aussah. Es musste eisig da drinnen sein, und in seinem modischen Pullover schien der junge Mann erbärmlich zu frieren. Es wirkte nicht, als sei er verletzt. Das zumindest war schon einmal positiv. Aber es fiel auf, dass er sehr unkonzentriert vorlas – beinahe geistesabwesend. Entweder stand er unter Drogen oder er war mit seinen Gedanken ganz woanders.

„Was macht er denn da mit seinem Finger?", fragte Jaschke plötzlich. Bloch war es zunächst gar nicht aufgefallen, aber der junge Mann trommelte ab und zu leicht mit dem rechten Zeigefinger auf die Tischplatte. „Vielleicht ein nervöses Zucken? Hat er das manchmal?"

Heintzsch senior schüttelte unsicher den Kopf. „Ist mir noch nie aufgefallen. Vielleicht die Aufregung."

„Vielleicht will er uns aber auch einen Hinweis geben", mutmaßte Bloch. Sie ließen die Aufnahme noch einmal von vorn laufen. Tatsächlich: Der Entführte machte die kleine Bewegung während des gesamten Videos immer wieder: ein schnelles Tippen mit dem Zeigefinger auf die Tischplatte in einem immer gleichen Rhythmus. Kommissar Bloch konzentrierte sich darauf: Einmal langsam, kurze Pause, einmal langsam, zweimal schnell, kurze Pause und dann dreimal langsam.

Heintzsch senior hatte einen Gedankenblitz: „Sören ist übrigens Amateurfunker."

„Natürlich!", rief Kommissar Bloch und googelte schon nach dem Morsecode.

– Was will der Entführte heimlich mitteilen?

Jauchzet, frohlocket!

Als Harald Bloch an diesem Abend kurz vor sechs in die Jakobuskirche kam, fand er nur noch in der letzten Reihe Platz. Die Kirche war zum Bersten voll – wie jedes Jahr, wenn das Weihnachtsoratorium aufgeführt wurde. Dieses Jahr gab es eine kleine Premiere – auch wenn das außer Harry Bloch fast niemand wusste. Seine Ehefrau Daniela Bloch sang nämlich seit dem Herbst im Kirchenchor mit, und dies würde ihr erster Auftritt werden. Sie war entsprechend nervös, besonders da sie als kleiner Sopran mit einer Körpergröße von einem Meter sechzig in der ersten Reihe stehen musste, sozusagen auf dem Präsentierteller. Harry Bloch ärgerte sich, dass er so spät von zu Hause losgegangen war. Nun würde sie ihn nicht sehen können. Noch war die Bühne beziehungsweise der Altarraum leer – bis auf die Podeste für den Chor, die Stühle und Notenständer für das Orchester. Bloch wusste von Daniela, dass der Chor sich vor dem Konzert in einem Raum im Keller der Kirche einsingen würde. Er schaute auf die Uhr: Schon fünf nach sechs. Jetzt könnten die Mitwirkenden langsam erscheinen. Das Konzert war eigentlich für 18 Uhr angesetzt.

Auf der Suche nach einem Taschentuch steckte er die Hand in die Hosentasche und ertastete einen fremden Gegenstand. Er zog einen kleinen Engel aus der Tasche. Danielas

Talisman! Wie kam der hierher? Bloch fluchte leise. Ohne Talisman war sie sicher noch aufgeregter. Er drehte den Engel unschlüssig in der Hand. Es war ein kleiner Engel aus Holz, der in ein paar Tagen am Christbaum hängen würde. Jetzt erinnerte er sich wieder: Bevor Daniela zum Einsingen losgefahren war, hatte sie ihn gebeten, ihr den Engel aus dem Karton mit der Christbaumdekoration herauszusuchen. Dann war ihm etwas eingefallen, was er im Keller erledigen wollte, und er hatte den Engel in die Hosentasche gesteckt, und dann musste sich Daniela beeilen und sie hatte ihn vergessen. So ein Mist aber auch! Bloch sah auf die Uhr. Viertel nach sechs. Er spielte kurz mit dem Gedanken, nach unten in den Keller zu gehen und seiner Frau ihren Talisman zu bringen. Aber nein, das ging nicht. Der Chor musste jeden Augenblick heraufkommen. Überhaupt – wo blieben denn alle? In der Kirche hatte sich allmählich Unruhe ausgebreitet und Gerüchte machten die Runde. Der Kantor sei verunglückt, meinten die einen. Einer der Solisten sei nicht aufgetaucht, meinten die anderen.

Nach einer Weile, es war fast halb sieben, gab sich Bloch einen Ruck, ging zurück in den Vorraum der Kirche und von dort in den Keller. Unten schlug ihm helle Aufregung entgegen. Zum Glück fand er Daniela sofort und drückte ihr den Engel in die Hand. Dankbar fiel sie ihm um den Hals und erzählte, was los war: Der Solo-Bassist fehlte. Am Morgen bei der Generalprobe war er noch da gewesen. Alle waren ratlos; der Kantor war einem Kreislaufkollaps nahe.

Wie Bloch erfuhr, war der verschollene Bassist der Ehemann einer Chorsängerin, Angelika Kerber. Sie wusste ebenso wenig wie alle anderen, warum er nicht da war, und versuchte vergeblich, ihn mit dem Handy zu erreichen. Dazwischen rief der Kantor: „Liebe Bässe, alle mal herhören. Wer traut sich denn spontan den Part des Bassisten zu? Reinhard, du kennst den doch in- und auswendig." Der Angesprochene wehrte heftig ab.

Daniela wischte sich die schweißnassen Hände an ihrem schwarzen Kleid ab: „Wenn ich nur nicht so schrecklich aufgeregt wäre", sagte sie. „Vorhin hat Angelika Kerber mich auch noch als Blumenfrau eingeteilt." – „Blumenfrau? Was ist denn das?", fragte Bloch. Daniela deutete auf fünf kleine Blumensträußchen, die in der Ecke standen: „Die besorgt Angelika immer und verteilt sie beim Schlussapplaus an die Solisten, den Kantor und die erste Geige. Und nun soll ausgerechnet ich da vor allen Leuten im Rampenlicht die Blumen überreichen. So aufgeregt, wie ich bin, stolpere ich doch garantiert über meine eigenen Füße."

Bloch schwieg und starrte auf die Blumensträuße. Er hatte seiner Frau nur noch mit einem halben Ohr zugehört, während ihm ein schrecklicher Gedanke kam.

– Welcher?

8

Der tödliche Bratapfellikör

Frau Hermann war ganz eindeutig vergiftet worden. Ihre Leiche war in der Küche ihres kleinen Einfamilienhäuschens gefunden worden. Nach dem Gift musste Kommissar Bloch nicht lange suchen: Auf dem Küchentisch standen ein leeres Schnapsglas und eine bauchige Flasche ohne Etikett. Mit goldglitzernder Farbe hatte jemand „Bratapfellikör“ auf die Glasflasche geschrieben. Zwei oder drei Gläschen hatten genügt, um Frau Hermann ins Jenseits zu befördern. Der Likör war mit Arsen versetzt, wie eine Analyse rasch ergab und was sich mit der Blutanalyse der Leiche deckte. Was den Kommissar jedoch einigermaßen verwunderte, das war ein kleines Kärtchen, das auf dem Küchentisch neben der Flasche lag. Darauf stand: „Einen schönen Advent wünscht Ihnen Ihre Nachbarin Sabine.“ Gehörten Karte und Flasche etwa zusammen? Warum war dann die Mörderin so unvorsichtig gewesen, mit ihrem Namen zu unterschreiben?

Der Absender der Karte war schnell gefunden: Sabine Dornisch wohnte schräg gegenüber auf der anderen Straßenseite. Eine Frau Mitte Vierzig im schicken Hosenanzug, mit dunklen Haaren und einer streng wirkenden Brille öffnete dem Kommissar die Tür und bat ihn herein. In der Küche bot sie Kommissar Bloch einen Kaffee an. Der hätte zwar tatsächlich gern einen Kaffee gehabt,

lehnte aber ab. In der Küche einer potenziellen Giftmischerin hätte er nur ungern etwas zu sich genommen. Als sie vom Tod der alten Frau erfuhr, schien Frau Dornisch ehrlich bestürzt. Sie gab zu, die Karte geschrieben und tatsächlich zusammen mit der Likörflasche einige Tage zuvor vor die Haustür Frau Hermanns gestellt zu haben.
„Aber ich habe sie nicht vergiftet", verteidigte sich Frau Dornisch. „Warum sollte ich auch? Ich mochte sie. Sie hat mir immer Tipps für die Rosen gegeben. Und kürzlich hab ich ihr den Schnee vor dem Haus weggeschippt, weil das für sie schwer war."
„Wieso haben Sie ihr die Flasche einfach vor die Tür gestellt?", fragte Bloch. „Warum haben Sie die nicht persönlich überreicht?"
„Das machen wir hier so", erklärte Frau Dornisch beinahe patzig. „Wir stellen in der Nachbarschaft im Advent immer gegenseitig Kleinigkeiten vor die Haustüren, also Tüten mit selbstgebackenen Plätzchen, Marmelade und so weiter. Der Bratapfellikör kam von mir, aber ich habe ihn ganz sicher nicht vergiftet."
„Es war aber Gift drin."
Frau Dornisch blieb bei ihrer Aussage, wurde jedoch immer gereizter. „Warum kümmern Sie sich nicht um echte Verbrechen, statt mich hier zu belästigen?", fragte sie.
„Den Mord an Frau Hermann würden Sie nicht als echtes Verbrechen bezeichnen?"
„Ja, schon. Aber was habe ich damit zu tun?"
„Sie haben ihr den vergifteten Likör geschenkt", erinnerte sie Bloch.
„Nein! Das war einfach leckerer Bratapfellikör. Ich hatte es nur gut gemeint. Frau Hermann mag doch dieses süße Zeug, Eierlikör und Punsch und was weiß ich."

„Ihnen war also klar, dass Frau Hermann den Likör gleich probieren würde und dass der bei ihr nicht im Schrank verstauben würde?" – „Na logisch!"
Der Kommissar staunte; die Frau redete sich wirklich um Kopf und Kragen. „Ist Ihnen eigentlich klar, dass Sie dringend tatverdächtig sind? Ja, Sie sind sogar die einzige Tatverdächtige!", sagte er ernst. Frau Dornisch sah ihn mit weit aufgerissenen Augen erschrocken an. Mit einem Mal schien ihr der Ernst ihrer Lage bewusst zu werden. Sie schwieg einen Moment, dann beugte sie sich leicht nach vorn und begann etwas verschämt mit leiser Stimme: „Also gut. Herr Kommissar, ich muss ein Geständnis machen."
„Ja, ich höre", ermunterte sie Bloch, als sie stockte.
„Es ist mir sehr, sehr unangenehm. Ich bitte Sie inständig, das nicht weiterzuerzählen."
Bloch hob fragend die Augenbraue.
„Also nicht in der Nachbarschaft oder gegenüber der Presse."
„Sie haben mein Wort."
„Also es ist mir wirklich unheimlich peinlich. Allerdings fürchte ich inzwischen um mein eigenes Leben", begann Frau Dornisch und holte tief Luft.
– Welches Geständnis macht sie wahrscheinlich?

Eisfischen

Eines Tages war Herr Conrad Höhn wie vom Erdboden verschwunden. Er hatte ein kleines Juweliergeschäft in der Torgauer Straße und an diesem schicksalhaften Samstag kam er nach der Arbeit nicht nach Hause. Am Sonntag meldete seine Frau ihn als vermisst. Nachforschungen ergaben, dass Bäckermeister Hennecke ihn als Letzter gesehen hatte. Der hatte seinen Laden schräg gegenüber der „Goldschmiede Höhn“. Conrad Höhn hatte zwölf Uhr seinen Laden zugeschlossen und beim Bäcker noch ein Dinkelbrot und einen Mohnstollen gekauft. Anschließend hatte Bäcker Hennecke, der seinen Aufsteller von draußen reinholen wollte, beobachtet, wie Höhn einem Bekannten begegnete und mit in dessen Auto stieg. Normalerweise ging Conrad Höhn stets zu Fuß nach Hause.
„Ein Bekannter?“, fragte Kommissar Bloch nach.
„Das war der Herr Götze, ein früherer Angestellter von ihm. Irgendwann im Sommer muss der Höhn ihn entlassen haben.“
Andreas Götze hatte nach seinem Rausschmiss noch keine neue Arbeit gefunden und öffnete Kommissar Bloch am Montagmittag mit verwundertem Gesichtsausdruck die Tür. Nachdem der Kommissar ihm erklärt hatte, worum es ging, und fragte, wo Götze am Samstag ab zwölf

Uhr gewesen sei, runzelte dieser kurz die Stirn und machte ein nachdenkliches Gesicht. „Am Samstag? Da war ich Eisfischen."

„Ein interessantes Hobby. Machen Sie das öfter?"

„Erst seit diesem Winter. Sonst ist es ja kaum so kalt, dass hier die Seen zufrieren."

„Wo genau waren Sie und gibt es dafür Zeugen?"

„Ich war am Schwarzen Loch. Der ist ziemlich klein und liegt etwas versteckt im Wald. Ich war der einzige Angler dort, also keine Zeugen außer meiner Frau. Nein, halt! Mein Nachbar hat mich wegfahren sehen."

Kommissar Bloch nickte und sagte: „Ich würde gern noch mit Ihrer Frau sprechen." Er hatte Glück: Frau Götze arbeitete nur halbtags und würde in etwa einer halben Stunde nach Hause kommen. Bloch beschloss, bis zu ihrer Ankunft den Nachbarn zu befragen. Herr Lorkowski, ein älterer Herr, öffnete die Tür und bat den Kommissar mit einem erschrockenen „Ist was passiert?" herein.

„Herr Götze sagt, er war am Samstagmittag am Schwarzen Loch zum Eisangeln, und er hat Sie als Zeuge angegeben."

„Das würde mich sehr wundern!"

„Wie bitte? Haben Sie ihn denn nicht gesehen?"

„Doch. Ich hab gesehen, wie er die Angel ins Auto packte und losfuhr. Aber es würde mich wundern, wenn er am Schwarzen Loch gewesen wäre. Der Teich ist doch bloß einen halben Kilometer entfernt im Wäldchen. Man kann dort nur schlecht parken. Es wäre viel umständlicher, als zu Fuß hinzugehen." Sie unterhielten sich noch eine Weile über andere Seen in der Gegend, wo man ebenfalls gut angeln konnte. Dann verabschiedete sich Kommissar Bloch wieder.

Kurz nach ihm kam auch Frau Götze nach Hause und Bloch konnte sie unter vier Augen sprechen, auch wenn Herr Götze anscheinend gern dabeigewesen wäre. Sie führte den Kommissar in die Küche und bot ihm einen Kaffee an, den er dankend annahm. „Ja, Norbert ist tatsächlich am Samstagmittag zum Angeln losgefahren", erzählte sie, während sie Kaffee in die Maschine füllte. „Er war auch früher manchmal Eisfischen. Sorgen hab ich mir keine gemacht. Er ist immer extrem gut vorbereitet und weiß, wie man Löcher ins Eis macht, ohne selber einzubrechen. An dem Morgen ist er gegen halb zwölf Uhr los und war gegen drei Uhr wieder da. Leider hat er aber nichts gefangen."

„Ist Ihnen sonst irgendetwas aufgefallen?"

„Nein, nichts. Ach doch, er hatte wie immer an alles gedacht, aber den Eimer für die Fische vergessen. Das ist ihm noch nie passiert. Zucker? Milch?", fragte Frau Götze und stellte Kaffeetassen auf den Tisch.

„Danke, nein. Ich trinke schwarz."

„Oder ein Stück Mohnstollen? Ganz frisch, den hat mein Mann besorgt."

Kommissar Bloch schaute überrascht auf. „Und ein Dinkelbrot?", fragte er.

– Was vermutet der Kommissar?

Stillleben mit Kerze

Harald Bloch redete sonst zu Hause kaum über seine Arbeit, doch als er an diesem Abend heimkam und seinen Schwager Ottmar vorfand, fragte er ihn spontan: „Sag mal, kennst du einen gewissen Kreuzschnabel?“
Ottmar war Galerist. Der Kommissar schätzte ihn nicht besonders und hielt ihn im Grunde für einen Hallodri, aber in der Leipziger Kunstszene kannte er Hinz und Kunz. Ottmar überlegte kurz.
„Norbert Kreuzschnabel? Der Maler?“
„Genau der.“
„Ja, klar kenn ich den. Interessanter Typ. Ist leider beim falschen Galeristen.“ Ottmar lachte sein meckerndes Lachen, das der Kommissar nicht ausstehen konnte. Er verzog das Gesicht zu einem angedeuteten Grinsen. „Kennst du ihn auch privat? Weißt du, wie seine Ehe war, ob er Streit mit seiner Frau hatte oder so?“
„Wieso ‚war‘?“, fragte Ottmar, dem diese Formulierung natürlich nicht entgangen war. „Haben sie sich getrennt? Gerüchte über Affären gab es ja immer wieder.“
„Hatte sie die Affären oder er?“
„Wieso ‚hatte‘?“
„Sie ist verstorben“, gab Harry zu und Ottmar machte große Augen. „Na ja, es wird morgen sowieso in der Zeitung stehen. Also: Sie wurde ermordet.“

„Waaas? Die Elli?"
„Von wem denn?", schaltete sich jetzt Harrys Frau Daniela ein. „Weiß man das schon?"
„Noch nicht. Der Kreuzschnabel steht erstmal unter Verdacht, streitet die Tat aber ab. Wir versuchen gerade rauszufinden, ob er ein Motiv hatte, seine Frau umzubringen."
„Was sagt er denn?", fragte Ottmar.
„Dass er den ganzen Tag im Atelier war und gemalt hat. Sie wurde im Laufe des Vormittags ermordet. Nachmittags wurde sie gefunden und wir fuhren zu Kreuzschnabel ins Atelier, da packte er gerade ein Bild ein, an dem er den ganzen Tag gemalt hatte. Er wollte es zu seinem Galeristen bringen oder so. Zeugen für sein Alibi gibt es aber nicht."
„Was war denn auf dem Bild drauf?", fragte Daniela. Natürlich, dachte der Kommissar. Sie psychologisierte ständig und nahm wahrscheinlich an, der Maler habe die Bluttat im Bild verarbeitet.
„Nichts Aufregendes. Eine Ecke von einem Zimmer, ein Tisch und darauf eine einzelne brennende Kerze. Es war ein ziemlich graues Bild."
„Typisch", ließ sich Ottmar fachmännisch vernehmen. „Das malt er ständig. Immer irgendwelche Ecken von seinem Atelier, in denen nichts los ist. Aber mal was ganz anderes: War das Bild mit Ölfarbe gemalt?"
„Warum?", fragte Bloch, der bezweifelte, dass er Ölfarbe von irgendeiner anderen Farbe unterscheiden könnte.
– Ja, warum wohl?

Der Reifenstecher von St. Markus

Frieder Holm war der Pfarrer einiger verstreut liegender Gemeinden am Rande der Stadt. Seine größte Kirche war St. Markus, in deren Nähe er wohnte. Harry Bloch hatte ihn schon selbst im Gottesdienst erlebt, und der jugendlich wirkende Mittdreißiger war ihm schon da sympathisch gewesen. Er hatte lebhafte Bewegungen und einen klaren Blick. Nun waren ihm die Reifen seines Anhängers über Nacht zerstochen worden, wie er Kommissar Bloch erklärte. Anschließend führte Pfarrer Holm den Kommissar zu seinem Kastenhänger, der seinem Haus schräg gegenüber auf der anderen Straßenseite stand.

Kommissar und Pfarrer standen nebeneinander vor dem Anhänger und begutachteten fachmännisch die Reifen. Sie waren beide platt. Der Anhänger war an den Seiten bunt bemalt. Zuerst hatte Kommissar Bloch das für einen Teil des Vandalismus gehalten, doch die Graffiti schienen gewollt. Es waren bunte Farbkleckse und dazwischen einzelne Schriftzüge. „Praise the Lord“ und „Hallelujah“ konnte der Kommissar entziffern.

„Da hat jemand kaltblütig zugestochen“, meinte Bloch mit Blick auf die Reifen. „Parken Sie den Anhänger immer draußen?“

„Ja, in meine Einfahrt passt er leider nicht mehr. Da steht

schon mein Auto. Also er würde vielleicht schon noch reinpassen, aber hier draußen ist doch genug Platz."

„Gibt es Nachbarn, die sich daran stören?", fragte der Kommissar.

„Offensichtlich", sagte der Pfarrer und musste lachen. „Hier haben wir fast keinen Durchgangsverkehr. Es muss jemand aus der Siedlung gewesen sein."

„Und warum ist der so ... bunt?"

„Ja, ach so, wegen der Musik. Ich mache viel Musik mit den Jugendlichen. Wir haben sogar eine richtige Band. In dem Anhänger transportiere ich immer die Instrumente und die Boxen. Da haben sich die Nachbarn auch schon drüber aufgeregt, weil der so bunt ist und ein bisschen chaotisch aussieht. Sind meist ältere Leute, die hier wohnen."

Tatsächlich kam aus einem Haus nun ein älterer Herr näher und stützte sich auf seinen Gartenzaun. „Da hat aber jemand ganze Arbeit geleistet", sagte er mit Blick auf die Reifen.

„Guten Morgen, Herr Schultze", begrüßte ihn der Pfarrer.

„Haben Sie was gesehen letzte Nacht?", fragte Kommissar Bloch.

„Ich? Nein, ich schlafe nachts. Danke der Nachfrage."

Schon kam neugierig ein zweiter Nachbar näher, den der Pfarrer als Herrn Uhlig vorstellt. Der hatte ebenfalls nichts Verdächtiges beobachtet. „Ich schlafe nachts zum Glück durch. Wie ein Murmeltier. Und ich misch mich auch nicht in anderer Leute Angelegenheiten. Apropos, Herr Pfarrer: Auf dem Gehweg vor Ihrem Haus müssen Sie frühzeitig räumen. Da sind auch vor acht Uhr schon Leute unterwegs. Habe ich Ihnen schon mal gesagt." Eine unangenehme Pause entstand.

„Vielleicht wollte sich jemand über Ihre Parkerei beschweren", meinte Schultze mit Blick auf die Reifen.

„Ich glaub nicht, dass das jemand aus der Nachbarschaft war", wandte Uhlig ein. „Das waren sicher Rowdys. Vielleicht kann man die über die Tatwaffe finden."

„Tatwaffe, so ein Quatsch", schnaubte Schultze. „Da reicht ein scharfes, kleines Messer. So eins mit schmaler Klinge; das ist an jedem Taschenmesser dran."

„Schon möglich", meinte der Kommissar.

„Ich find's aber schon mutig", fuhr Schultze fort, „das so mitten unter einer Lampe zu machen." Tatsächlich stand der Hänger genau unter einer Straßenlaterne. „Da war derjenige in vollem Licht."

„Nicht unbedingt", wandte Uhlig ein. „Letzte Nacht war doch mal Stromausfall und die Straße dunkel."

„Hier, so eine Klinge meine ich", rief Schultze und hielt ein Taschenmesser in die Höhe. „Also so würde ich das machen. Hab ich natürlich nicht." Der Kommissar schaute von einem Nachbarn zum anderen. In Nachbarschaften blühten manchmal die seltsamsten Konflikte auf. Und einer der beiden Herren schien ihm inzwischen tatsächlich verdächtig.

– Welcher?

Verbrecherjagd auf dem Weihnachtsmarkt

In diesem Jahr hatte es bereits mehrere Fälle von Handtaschenraub auf dem Weihnachtsmarkt gegeben. Der Einsatz der Polizei war verstärkt worden, und eines schönen Tages konnte kurz nach einem solchen Raubfall zumindest ein Verdächtiger gefasst werden – auch wenn er die gestohlene Tasche nicht mehr bei sich trug, als man ihn ergriff. Es war natürlich gut denkbar, dass er sie an einen Komplizen weitergegeben oder irgendwo versteckt hatte.

Kommissar Bloch war nicht mit auf dem Markt gewesen. Er hatte Dienst auf der Wache, als seine Kollegen den mutmaßlichen Räuber aufs Revier brachten. Ohne die Tasche als Beweisstück würde man ihn laufen lassen müssen, aber zumindest seine Aussage sollte aufgenommen werden. Mehrere Personen wollten ihn gesehen haben, wie er auf dem Weihnachtsmarkt in der Nähe des großen Tannenbaums losgerannt war, als das Opfer – die siebzigjährige Helena Dornbusch – plötzlich gerufen hatte: „Meine Handtasche! Haltet den Dieb!" Einige hilfsbereite Mitbürger hatten die Verfolgung aufgenommen, was in der dichten Menschenmenge schwierig war. Den genauen Tathergang hatte niemand beobachtet. Eine Viertelstunde später wurde der Beschuldigte am Rand der Innenstadt aufgegriffen. Der junge Mann – er hieß Ronny Schmidt – gab an,

dass er Auszubildender in einem Schlossereibetrieb sei und mit der ganzen Sache nichts zu tun habe.
Frau Dornbusch machte ihre Aussage, konnte aber Ronny Schmidt nicht zweifelsfrei als den Täter identifizieren. „Es ging alles so schnell“, sagte sie. „Ich stand grade an der Krippenszene unter dem großen Weihnachtsbaum. Die kennen Sie doch, oder?“
„Hm“, brummelte Kommissar Bloch. Ihn brachten normalerweise keine zehn Pferde auf den völlig überfüllten Weihnachtsmarkt.
„Da sind sogar zwei lebendige Schafe dabei“, fuhr Frau Dornbusch fort. „Ich frag mich immer, wie die das aushalten bei dem Lärm.“
Das fragte sich der Kommissar auch. „Und was passierte dann?“, versuchte er den Bericht zu beschleunigen.
„Ja, ich hab die Schafe angeschaut und plötzlich merke ich, wie mir jemand die Handtasche vom Arm reißt. Ich dreh mich um und sehe, wie einer mit meiner Tasche wegrennt. Da hab ich um Hilfe gerufen.“
„Wie sah der Täter denn aus?“, fragte der Kommissar.
„So mittelgroß. Nicht dick, aber auch nicht dünn ...“
„Alter?“
„Das kann ich gar nicht sagen. Ich hab ihn ja nur ganz kurz von hinten gesehen. Ach ja, er hatte eine dunkle Mütze auf.“ Frau Dornbusch überlegte noch einen Moment, aber mehr fiel ihr nicht ein. Eine erstklassige Beschreibung. Kommissar Bloch seufzte und bedankte sich.
Als Nächstes vernahm er Ronny Schmidt. Der trug Turnschuhe, Jeans, eine schwarze Jacke und eine ebenfalls schwarze Mütze. Er behauptete, mit ein paar Kumpels auf dem Markt gewesen zu sein. Er habe sich gerade eine Bratwurst an einem Stand in der Nähe des großen Weih-

nachtsbaums gekauft. „Und als ich gerade reinbeißen wollte, sehe ich, wie jemand dieser Frau die Handtasche klaut und wegrennt. Da bin ich natürlich hinterher. Wollte eben helfen. Das war voll die wilde Verfolgungsjagd, wie im Film. Der Typ ist immer Richtung Osten. Da war mir klar, der will raus aus der Innenstadt. Und an der großen Ringstraße läuft er bei Rot rüber. Ich natürlich nicht. Logisch: Bei Rot bleibe stehen, bei Grün darfst du gehen. Aber ich hab ihm noch einen Schneeball mit voller Wucht hinterhergeworfen. Hab ihn auch getroffen, aber bis zur nächsten Grünphase war er dann weg."

„Und was haben Sie dann gemacht?"

„Na, dann hab ich erst mal in meine Bratwurst gebissen und wollte zurück zum Weihnachtsmarkt. Mit Glühwein nachspülen. Und da nahmen mich diese Kasper fest. Tschuldigung, Ihre werten Kollegen, meine ich natürlich."

„An Ihrer Geschichte ist was faul", meinte Kommissar Bloch trocken.

– Warum glaubt der Kommissar ihm nicht?

13

Das Lebkuchendebakel

„Wer hat vom Teig genascht?", fragte Daniela Bloch streng und hielt anklagend eine große Schüssel in der Hand, die mit einem blau karierten Küchentuch bedeckt war. Zwei Stunden zuvor hatte sie die Schüssel zum Kühlen des Teigs auf den Balkon gestellt – unter Androhung schwerster Konsequenzen, sollte sich jemand am Teig zu schaffen machen. Der Balkon war durch zwei Türen sowohl von der Küche als auch vom Wohnzimmer aus zugänglich.

„Ich nicht", rief der Sohn Benjamin vom Wohnzimmer aus. „Oma sagt, wer rohen Teig isst, bekommt Würmer. Außerdem mag ich keinen Zimt. Den riecht man ja bis hierher."

„Also ich saß die ganze Zeit in der Küche und hab Zeitung gelesen", sprach Kommissar Bloch würdevoll, die Lokalnachrichten in der Hand. Tatsächlich hatte er die letzte Stunde mit der Lektüre der lokalen Sportnachrichten und dem Lösen des Kreuzworträtsels auf sehr angenehme Weise verbracht. „Wie kommst du überhaupt darauf, dass jemand genascht hat? Das sieht man dem Teig doch nicht an, oder?" – „Ich hab nachgewogen", fauchte Daniela. Sie blickte zornig in die Runde, sodass sich jetzt auch Tommy, ein Schulfreund von Benjamin, verteidigte: „Also ich war es nicht. Wir haben die ganze Zeit im Wohnzimmer Computerspiele gespielt. Außerdem hab ich schon zu Hause so viele Plätzchen gegessen – das reicht mir erst mal."

„Na, aber du bist schon auch mal zwischendurch rausgegangen, gib's zu", ulkte Benjamin.
„Ey, Alter, spinnst du? Ich war bloß im Bad, Mann, nicht auf dem Balkon. Das weißt du genau." Tommy boxte seinen Kumpel empört gegen den Arm. „Und in der Zeit hättest du selber heimlich auf den Balkon gehen können."
„Bin ich aber nicht. Stimmt's, Papa?"
Harald Bloch hob die Schultern und schüttelte den Kopf. „Keine Ahnung, ich hab wirklich nichts wahrgenommen. Ich war ganz in dieses Kreuzworträtsel vertieft."
Daniela zog das Tuch von der Schüssel herunter und blickte mit gerunzelter Stirn hinein. „Es fehlen fast hundert Gramm!"
„Wir müssen eigentlich nur abwarten, wer Würmer bekommt", feixte Benjamin.
„Ich weiß schon, wer die bekommt", sagte Daniela mit drohendem Unterton, sodass der Schuldige vor Schreck einen Schluckauf bekam.
– Wer war es?

14

Gruß vom Südpol

„Du, mal kurz im Vertrauen …", sagte Ottmar leise und zog Harry Bloch am Ärmel zur Seite. Bloch mochte es nicht, so beiseite gezogen zu werden, schon gar nicht von seinem Schwager, mit dem er nie so richtig warm geworden war.
Es war ein Samstagnachmittag und die Familie Bloch war bei Ottmar, dem Bruder von Blochs Ehefrau, zum Adventskaffee eingeladen. Harrys Frau Daniela war gleich von Ottmars neuer Freundin in Beschlag genommen worden – er hörte die beiden im Wohnzimmer reden und lachen – und Benjamin, der Sohn der Blochs, saß im Kapuzenpulli auf der Couch und war mit seinem Smartphone beschäftigt. Harald Bloch war überhaupt nur unter der Bedingung mitgekommen, dass Daniela ihren Bruder im Zaum hielt, wenn er begann, anzugeben und sich penetrant in den Mittelpunkt zu stellen. Früher oder später passierte das immer, und Harald Bloch reagierte extrem allergisch darauf. Doch momentan war Ottmar bemerkenswert kleinlaut; er wollte offenbar nur kurz unter vier Augen mit Harry sprechen und zog ihn in sein Arbeitszimmer. Neugierig folgte ihm der Kommissar.
Sein Schwager Ottmar war ein Lebemann, der als Galerist zwar einen bescheidenen Erfolg hatte, aber regelmäßig Geld bei Pferdewetten und ähnlichen Dingen verlor. Harry Bloch wollte gar nicht so genau wissen, in welchen finanziellen

Engpässen er steckte oder wie er dort hingekommen war.
„Ich hab ja angefangen, auch ein bisschen mit alten Handschriften zu handeln“, sagte Ottmar, als er Harry in das kleine Zimmer gelotst hatte. „Die Kunst bleibt natürlich mein Hauptmetier, aber du würdest dich wundern, was Sammler für alte Briefe und solches Zeug ausgeben, wenn sie von den richtigen Personen stammen.“
„Hm“, machte Bloch unverbindlich. Er kannte sich weder mit Kunst noch mit Handschriften aus, aber offenbar war der finanzielle Druck größer geworden.
„Ja, also“, fuhr Ottmar fort. „Ich habe da ein ganz besonderes Schmankerl angeboten bekommen. Eine echte Rarität, besonders jetzt vor Weihnachten ...“
„So? Was denn?“, fragte Bloch.
„Einen Brief von Roald Amundsen, dem Polarforscher. Mit handschriftlichen Skizzen, stell dir vor. Ich bin aber nicht sicher, ob der echt ist. Und deswegen wollte ich dich fragen, ob du dich zur Not mit der rechtlichen Seite auskennst. Der Händler sitzt in Dänemark. Also falls das ein Betrüger ist, würde die Interpol überhaupt eingreifen?“
„Der Roald Amundsen, der zuerst am Südpol war?“ Harald Bloch war plötzlich hellhörig geworden. Für Abenteurer hatte er sich schon als kleiner Junge begeistert.
„Genau der. Warte, ich habe ein Foto von dem Brief“, sagte Ottmar, trat an seinen Schreibtisch und fuhr den Computer hoch. Ein paar Clicks später füllte das Foto eines vergilbten, eng beschriebenen Blattes Papier den Bildschirm. Er war mit blauem Kugelschreiber auf Norwegisch geschrieben, zumindest dachte Bloch, dass das Norwegisch sein musste. Unten am Blattrand waren einige Bleistiftzeichnungen zu sehen: Ein Eisbär, ein Paar Schneeschuhe und ein großes Segelschiff waren erkennbar. Harald Bloch versuchte,

die Unterschrift zu entziffern. Eigentlich war nur das geschwungene große R am Anfang gut zu lesen. Die übrigen Buchstaben lehnten sich in eiligen Bögen sportlich nach rechts.

„Der Verkäufer stammt aus Helsingør und hat irgendwas mit dem Maritimen Museum dort zu tun. Ich hab nicht so direkt nachgefragt, wie er an den Brief gekommen ist. Vielleicht sollte ich den übersetzen lassen. Ist doch eine echte Sensation, oder? Was meinst du?"

„Nett", sagte Harry Bloch.

„Nett?", empörte sich Ottmar. „Ist das alles, was dir dazu einfällt? Das ist doch, also mindestens phänomenal."

„Wenn der echt wäre, sicherlich", gab Harry zu. „Ist er aber nicht."

– Warum ist sich der Kommissar da so sicher?

Mord in der Christbaumschonung

In einem Waldgebiet südlich der Stadt war ein Mord geschehen. Früh am Morgen hatte der Förster bei einem Rundgang die Leiche in einer Christbaumschonung entdeckt und die Polizei verständigt. Der Mörder hatte seinem Opfer mit einer Axt den Schädel regelrecht gespalten und die Szene sah entsprechend grauslich aus. Der Gerichtsmediziner Dr. Schramm stellte fest, dass der Tote schon etwa fünf bis zehn Stunden im Schnee lag.

„Wo waren Sie denn selbst in der vergangenen Nacht?", fragte Kommissar Bloch den Förster. Dieser schaute ihn erst verdutzt an, sagte dann aber zögerlich: „Zu Hause. Meine Frau kann das bestätigen."

Rund um die Leiche sah man im Schnee die Spuren eines Kampfes. Und noch etwas fiel Harald Bloch ins Auge: Unweit der Leiche lagen frische Holzspäne. Erst da bemerkte er die Spuren an einem der kleinen Christbäume. Er machte den Förster darauf aufmerksam: „Sehen Sie mal. Da hat entweder der Mörder oder sein Opfer kurz vor der Tat noch versucht, sich einen Christbaum zu schlagen."

„Na so was!", rief der Förster. „Das wird ja immer seltsamer!" – Das fand der Kommissar auch.

Anhand der Papiere, die er bei sich trug, konnte der Tote leicht identifiziert werden. Er hieß Heinz Steiner und hatte in einem Dorf am Rand der Stadt gelebt, das schon lange eingemeindet war. Seine Frau berichtete, dass er seit vielen Jahren im erbitterten Streit mit zwei Nachbarn lag. Es ging dabei um Grundstücksgrenzen, die zu Ungunsten der Nachbarn verschoben worden waren; illegalerweise, wie sie behaupteten. Harald Bloch befragte die beiden Nachbarn einzeln.

Der erste wohnte links von den Steiners in einem alten Fachwerkhaus. Ein Hund mit heiserer Stimme bellte hinter dem großen Hoftor. Als Bloch klingelte, wurde die Haustür so schnell geöffnet, als habe der Nachbar direkt hinter der Tür gestanden und auf ihn gewartet. Bloch trat unwillkürlich einen Schritt zurück. Der Mann namens Funke war ein kräftiger Mittsechziger mit auffällig buschigen Augenbrauen. Er trug Cordhosen und Strickjacke.

„Ihr Nachbar Herr Steiner ist vergangene Nacht im Wald erschlagen worden. Der Förster hat ihn gefunden. Wo waren Sie in der letzten Nacht?“, fragte Kommissar Bloch.

Herr Funke schien nicht überrascht. „Ich hab zuhause den ‚Tatort‘ gesehen. Nein, Zeugen habe ich keine; ich wohne allein. Aber Sie können mich alles über den ‚Tatort‘ fragen. Ich kenne alle Details. Übrigens könnte ich mir ja vorstellen, dass es der Förster selber war. Der wurde immer fuchsteufelswild, wenn jemand sich einen Weihnachtsbaum klaute. Ein echter Choleriker.“

Harald Bloch bedankte sich und ging zum zweiten Nachbarn. Der wohnte rechts von den Steiners. Als der Kommissar sich der Tür näherte, glaubte er zu sehen, wie sich die Gardine hinter einem der Fenster bewegte. Wahrscheinlich würde er sich gar nicht vorstellen müssen, überlegte Bloch. In so einem Dorf wussten die Menschen oft überraschend schnell, was vor sich ging. Er klingelte

auch an dieser Tür und sagte sein Sprüchlein auf: Der Nachbar Herr Steiner sei vergangene Nacht im Wald erschlagen und vom Förster am Morgen gefunden worden. Wo er, Herr Müller, denn die letzte Nacht verbracht habe? Herr Müller, der den Kommissar die ganze Zeit über misstrauisch gemustert hatte, kratzte sich am Kopf. Er hatte eine Glatze, war aber sicher noch nicht weit über die sechzig und wirkte kräftig.
„Na ja, ist ja kein Geheimnis, dass ich mit dem Steiner über Kreuz lag“, sagte er. „Aber so ein Ende hab ich ihm nicht gewünscht. Ich war gestern sehr spät in der Kneipe, bestimmt bis ein Uhr nachts. Da können Sie jeden fragen: den Schorch und die Rosi. Und den langen Horst auch. Aber sehen Sie: Ich kann es gar nicht gewesen sein; ich habe nie eine Axt besessen. Aber der Förster, finden Sie es nicht auch verdächtig, dass er die Leiche gefunden hat?“
„Es gibt sogar mehrere Dinge, die ich verdächtig finde“, entgegnete Kommissar Bloch.
– Welche?

Einbruch im Pfarrhaus

Während der Messe zum zweiten Advent war im Pfarrhaus von St. Bonifatius eingebrochen worden. In der Wohnung des Pfarrers im ersten Stock gab es nicht viel zu holen, aber etwas Bargeld und eine Gitarre waren gestohlen worden. Im Pfarrbüro im Erdgeschoss dagegen war die Beute reicher: Der Tresor war aufgebrochen, in dem das Geld für die geplante Fahrt der Ministranten nach Assisi verwahrt worden war – insgesamt 8000 Euro. „Die Gottesdienstzeiten stehen ja nicht nur im Gemeindeblatt, sondern auch am Infokasten direkt an der Kirche“, sagte Pfarrer Bader. „Da wussten die Einbrecher natürlich, wann sie ungestört sind.“ Die Spuren am Tatort wurden aufgenommen, führten aber nicht sofort zum Täter.

Dann gab es eine Woche später einen ähnlichen Fall in einem der Dörfer außerhalb der Stadt: Während des Gottesdienstes wurde im Pfarrhaus eingebrochen. In diesem Fall hatte der Pfarrer wohl nicht lang genug gepredigt; als er nach Hause kam, war der Einbrecher noch da. Der Pfarrer rief sofort die Polizei, als er das aufgebrochene Fenster im Erdgeschoss sah, und der Einbrecher konnte verhaftet werden.

Handelte es sich etwa um eine Einbruchsserie und war der Täter auch für den Einbruch in St. Bonifatius verantwortlich? Zunächst gab es keine Anhaltspunkte für diese

These, und der Festgenommene namens Mario Krüger stritt den Verdacht vehement ab. Doch dann meldete sich eine Zeugin, die den Mann am Tag des ersten Einbruchs vor der Kirche St. Bonifatius gesehen haben wollte, als sie zur Messe ging. Und sie meinte sich zu erinnern, dass er in Richtung Pfarrhaus gegangen war. Die Frau war sich recht sicher, beschrieb den Verdächtigen detailliert und identifizierte ihn auf einem Foto.

„Ja", gab der Einbrecher daraufhin zu. „Ich war an dem Tag auf dem Kirchhof ... weil ich nämlich selbst im Gottesdienst war." Herausfordernd sah er Kommissar Bloch an. Der runzelte die Stirn und versuchte, sich zu konzentrieren. Er war genervt. Einerseits störte es ihn, wenn jemand – wie dieser Herr Krüger – ständig mit dem Stuhl kippelte. Und andererseits war sein Kaffee alle, war seine Laune nicht gerade besserte.

„Haben Sie jemanden in der Kirche getroffen, der das bezeugen kann?"

„Nein, ich kenne da niemanden aus der Gemeinde. Ich war nur zufällig da. Der Pfarrer wird sich sicher auch nicht an mich erinnern; ich war nämlich nicht bei der Kommunion."

„Können Sie sich vielleicht an die Lieder erinnern, die gesungen wurden?"

Herr Krüger holte tief Luft und starrte angestrengt an die Zimmerdecke, als würde er überlegen. Dann begann er leise, eine ganz vage Melodie zu summen. Harald Bloch spitzte die Ohren. Zuerst klang es fast wie „Tochter Zion", aber dann ging es doch in eine andere Richtung und klang gar nicht mehr wie eine Liedmelodie. Dieser Krüger schien ein völlig unmusikalischer Mensch zu sein. Bloch hatte fast den Eindruck, dass er ihn mit diesem dämlichen Gesumme veralbern wollte. Nach einer Art Schlussjodler brach Krüger ab, sah dem Kommissar in die Augen und schüttelte bedauernd den Kopf. „Tut mir leid. Ich erinnere mich wirklich nicht."

Bloch nickte kurz und sah unzufrieden aus. „Erinnern Sie sich an andere Details aus dem Gottesdienst, die beweisen können, dass Sie da waren?"

„Na ja, es war eigentlich ein ganz normaler Gottesdienst. In der Predigt hat der Pfarrer irgendwas über Jesus erzählt. Den Rest hab ich vergessen. Er trug wie immer diesen grünen Talar. Es gab Fürbitten und Gebete. Ach ja, und die Orgel spielte ziemlich laut."

„Das ist ja nicht sehr konkret." Kommissar Bloch drehte die leere Kaffeetasse in der Hand. „Aber bei diesen Details sind Sie sich sicher?"

„Auf jeden Fall!"

„Dann haben Sie mich wohl gerade belogen. Und ich brauche dringend einen Kaffee."

– Woran hat der Kommissar gemerkt, dass Herr Krüger nicht im Gottesdienst war?

Die Leiche im Hotel

An einem trüben Dezembermorgen wurde in der Küche des Hotels „Sächsischer Hof“ eine männliche Leiche gefunden. Die Person – es war der Koch Falk Winkelmann – war, wie der Arzt feststellte, zwischen ein Uhr nachts und fünf Uhr morgens mit einem stumpfen Gegenstand erschlagen worden. Blut war dabei erstaunlich wenig geflossen. Ein hellrotes dünnes Rinnsal zog sich über die weißen Bodenfliesen Richtung Abfluss. Der Leichnam war voll bekleidet, lag seitlich zusammengesunken mitten in der Küche und hatte seltsamerweise nasse Haare, besonders auf der Seite, die auf dem Boden lag.

Der Angestellte, der an der Rezeption arbeitete, konnte bezeugen, dass in der Nacht niemand das Hotel betreten oder verlassen hatte. Der Täter musste sich also noch im Hotel aufhalten.

„Was ist mit Hintereingängen?“, fragte Kommissar Bloch. Es gab einen weiteren Ausgang, der nachts aber verschlossen wurde, und zwei Notausgänge, die mit einer Überwachungskamera gesichert waren. Hier war dem Rezeptionisten nichts aufgefallen.

„Wenn der Täter noch im Hotel ist, dann vielleicht auch die Tatwaffe“, sagte Kommissar Jaschke, und Bloch fand, das war das Scharfsinnigste, was er in dieser Woche bisher gesagt hatte. Gemeinsam mit dem Rechtsmediziner

Dr. Schramm, dem zweiten Koch und der Geschäftsführerin des Hotels standen sie in der Küche.
„Vielleicht fangen wir gleich hier in der Küche an", überlegte Bloch laut und betrachtete die Reihen gusseiserner Pfannen, die an den Wänden hingen. „Gibt es sonst etwas Schweres in der Küche, das sich als Waffe eignen würde?", fragte er den Koch, der ganz blass um die Nase geworden war, „so eine Art Hammer oder etwas ähnliches?"
„Ich weiß nicht", stammelte der Koch. „Wir haben ziemlich scharfe Messer und eine Knochensäge ..."
Bloch schüttelte ärgerlich den Kopf. Der Mann war völlig durch den Wind. „Nein, etwas sehr Schweres, Stumpfes."
„Vielleicht einen gefrorenen Braten?", half Jaschke nach. „Erinnerst du dich, Harry? Wir hatten mal so einen Fall, wo jemand mit einem gefrorenen Braten erschlagen wurde."
„Ja, das Gefriergut lagern wir hier drüben", sagte der Koch und öffnete eine Tür. Sie traten in einen schmalen Raum, in dem links und rechts in Regalen Gefrorenes aller Art lagerte. Rechterhand fielen Bloch einige große Eisquader auf. „Wofür sind die?", fragte er.
„Ein Künstler wird übermorgen Eisskulpturen schnitzen, die vor dem Hoteleingang stehen sollen", schaltete sich die Geschäftsführerin ein. „Bis dahin lagert das Eis hier."
Kommissar Bloch blickte auf die Menge an gefrorenen Gänsen, Schweinshälften, Lachsen und anderem Getier. Einiges war völlig unkenntlich in großen Dosen verstaut. Sogar ganze Blechkuchen schienen hier eingefroren zu sein.
„Fehlt irgendetwas?", fragte Kommissar Jaschke den Koch. Der nahm eine Liste, die an einem der Regale hing,

verglich Liste und Regalinhalte und schüttelte nach einer Weile den Kopf. „Sind Sie sich sicher?" – „Ja, da fehlt nichts. Da sind wir penibel. Wir führen immer sehr genau Buch über die Bestände."

„Der Mörder kann natürlich auch die Tatwaffe abgewischt haben", sagte Jaschke zu Bloch. „Wenn sowieso nicht viel Blut dran war ..." Er wirkte unzufrieden. Sie waren wieder in die Küche gegangen; im Kühlraum war es wirklich zu kalt. „Jedenfalls werden die Kollegen von der Spurensicherung eine ganze Weile beschäftigt sein."

„Ich weiß nicht", meinte Kommissar Bloch leichthin. „Vielleicht lässt sich das Ganze auch abkürzen."

– Welche Vermutung hat Kommissar Bloch?

Die Bücherdiebin

Harald Blochs Mutter Helga war in eine Seniorenresidenz gezogen. Sie war noch sehr rüstig und konnte sich gut selbst versorgen. Von allein wäre sie wohl nie auf die Idee gekommen, hierherzuziehen, aber ihre beste Freundin Annemarie hatte sie dazu überredet. Nun waren sie direkte Nachbarinnen und hatten außerdem neue Freundinnen kennengelernt, mit denen sie sich wöchentlich bei Helga zum Romméspiel trafen. Helga wäre mit der Situation rundum zufrieden gewesen, wenn nicht seit einiger Zeit immer wieder Bücher aus ihrem Regal verschwunden wären. Einzelne Bücher tauchten zwar wieder auf, aber insgesamt hatte sich der Bestand in ihrem Bücherregal in den letzten Wochen merklich verringert. Nun bat sie ihren Sohn, in dem „Fall" zu ermitteln. Gerade nach dem letzten Romménachmittag war ein Buch, der Weihnachtskrimi „Die Pralinenschachtel" von Agatha Christie, wieder aufgetaucht, das sie vermisst hatte, verunziert von Eselsohren und – ausgerechnet – Schokoladenflecken. Helga vermutete, dass eine der Frauen aus der Rommérunde heimlich ihre Bücher mitnahm.
Der Kommissar sah sich in dem Ein-Zimmer-Apartment um. Es kam ihm vor wie eine Miniaturausgabe ihres früheren Hauses. Bei vielen Gegenständen hatte er genau vor Augen, wo sie früher im Haus seiner Eltern gestanden hatten. Er wurde immer etwas wehmütig, wenn er seine Mutter hier besuchte. Dabei wusste er, wie unsinnig das war. Seine Mut-

ter war sehr glücklich hier; mit dem Haus schien geradezu eine Last von ihr abgefallen zu sein.
Momentan aber runzelte sie die Stirn und zählte auf, welche Bücher ihr entwendet worden waren. Dabei hatte sie nur ihre liebsten Bücher mitgenommen, der Verlust wog also schwer.
„Hast du die Frauen mal direkt angesprochen?", fragte Harald Bloch.
„Natürlich. Aber es will keine gewesen sein. Vielleicht hat es diejenige auch vergessen. Wer weiß schon, bei wem bereits die Demenz losgeht?"
Harald Bloch dachte kurz daran, dass vielleicht seine Mutter die Bücher verborgt und es später vergessen haben konnte, hütete sich aber, etwas Derartiges anzudeuten. Er drehte das wiedergefundene Buch in den Händen, blätterte darin und betrachtete stirnrunzelnd die Schokoladenflecken, während seine Mutter berichtete: Annemarie stand selbstverständlich nicht unter Verdacht. Außerdem behandelte sie ihre Bücher ordentlich. Monika las gern Krimis, allerdings war sie Diabetikerin und durfte keine Schokolade essen. Marlies las zwar auch gern, aber nur Bücher in Großdruck. Bei Heidrun war sich Helga nicht sicher, ob sie Bücher las, aber sie aß ständig Schokolade. Allerdings hatte sie bei der letzten Rommérunde gefehlt. Und Astrid las zwar gern Romane, aber vorrangig solche, in denen Katzen vorkamen. Sie war eine richtige Katzennärrin. „Stell dir vor, sie hat sogar hier eine Katze, die angeblich eine Glückskatze ist. Aber beim Rommé verliert sie meistens, also kann es mit der Glückskatze nicht weit her sein."
„Ist das denn hier erlaubt, eine Katze?", fragte der Kommissar und blätterte gedankenverloren weiter in dem Buch.
„Ich glaube nicht", sagte Helga und senkte verschwörerisch die Stimme. „Vermutlich hat sie jemanden bestochen. Und

dann ist da noch Sylvia. Die liest ständig, aber nur historische Romane, die ich ja überhaupt nicht mag."
Zwischen zwei Seiten fiel Harald Bloch ein kurzes schwarzes Haar auf. Seine Mutter hatte längst silbrigweißes Haar. „Hat jemand aus eurer Runde schwarze Haare?", fragte er.
„Annemarie", sagte Helga wie aus der Pistole geschossen. „Also früher mal. Jetzt natürlich nicht mehr."
„Ich meinte aber jetzt. Ist irgendeine von euch schwarz gefärbt?"
Helga überlegte kurz und schüttelte den Kopf. „Nein, alle ergraut oder weißhaarig. Bis auf Marlies; die trägt rot."
„Na dann", sagte Kommissar Bloch und klappte das Buch zu, „weiß ich, wer sich das Buch mitgenommen hatte."
– Wer war es?

Die Uhrensammlung

An diesem Sonntag wurde Kommissar Bloch wegen eines Einbruchs in eine Reihenhaussiedlung im südlichen Teil der Stadt gerufen. Es war gerade mittags und die Straßen waren leer, die Stimmung friedlich. Das änderte sich schlagartig, als Harald Bloch vor der Nr. 7 hielt, aus dem Wagen stieg und klingelte. Ein dunkelbrauner Dobermann war mit zwei Sprüngen am Gartentor und kläffte laut.

Im Vorgarten des Nachbarhauses hängte gerade ein älterer Mann Meisenknödel in die Büsche. „Der schon wieder“, sagte er zu Bloch. „Der bellt jeden an, den er nicht kennt. Hier kommen zum Glück nicht viele Leute durch. Heute hab ich von ihm noch keinen Mucks gehört. Aber an manchen Tagen bellt der so viel, da möchte man fast ein bisschen Rattengift rüberwerfen.“ Er zwinkerte Bloch verschwörerisch zu. Bloch schaute unangenehm berührt weg. Hunde vergiften, damit spaßte man seiner Meinung nach nicht. In diesem Moment öffnete sich die Haustür von Nr. 7 und eine Frau mit blonden Locken trat heraus. Sie trug einen Mantel, so als wolle sie eben ausgehen.

„Der tut nichts“, rief sie und: „Rufus, aus!“, woraufhin der Hund tatsächlich sofort ruhig wurde, sich hinsetzte und den Kommissar nicht aus den Augen ließ.

„Frau Hennecke, Sie haben den Notruf gewählt?“, fragte der Kommissar.
Die Frau lief ihm schon entgegen, öffnete die Gartentür und begleitete ihn ins Haus, wobei sie unaufhörlich redete. Zuerst fand das Harald Bloch praktisch, weil er nicht alle Informationen mühsam erfragen musste, aber schnell spürte er einen Druck hinter seinen Schläfen. So kündigten sich bei ihm Kopfschmerzen an, die er oft bei zu viel Gerede bekam. Ja, sie und ihr Mann hätten den Notruf gewählt, erklärte Frau Hennecke. Sie seien wie jeden Sonntagmorgen um halb zehn zum Gottesdienst aufgebrochen und gegen zwölf wieder zu Hause gewesen. Bei ihrer Rückkehr hätten sie sofort bemerkt, dass in der Zwischenzeit eingebrochen worden war. Der oder die Täter hätten im Garten eine große Leiter benutzt, um durch ein Fenster im ersten Stock einzusteigen, das angekippt war. Im Haus sei nicht viel verwüstet worden, alle Türen und Schubladen der Schränke im Wohn- und im Schlafzimmer hätten aber offengestanden, und es fehle ihr gesamter Schmuck.
„Ja, aber vor allem meine Uhrensammlung!“, rief Herr Hennecke, der ihnen im Flur entgegengekommen war.
Das sei richtig, bestätigte Frau Hennecke. Ihr Schmuck sei nicht übermäßig kostspielig gewesen, im Gegensatz zu der Uhrensammlung ihres Mannes, zu der einige wertvolle Stücke der Firma Rolex gehörten. Natürlich seien sie versichert, aber ...
„Die Taschenuhr meines Großvaters!“, rief Herr Hennecke erregt dazwischen. „Der emotionale Wert! Ein Familienerbstück, unersetzbar!“
Das sei richtig, riss Frau Hennecke das Gespräch wieder an sich. Sie hätten sofort die Polizei gerufen, gar nicht

erst die Mäntel ausgezogen, seien noch ganz durcheinander. Der Herr Kommissar möge ihren Wortschwall verzeihen. Es läge an der Aufregung.
„Gut", sagte Bloch laut. Frau Hennecke verstummte plötzlich. Er dachte kurz nach. „Und Sie waren also im Gottesdienst?"
„In der Innenstadt, ja. Thomaskirche. Wir gehören zwar eigentlich zu einer anderen Gemeinde, aber dort gehen wir lieber hin. Da ist die Musik so schön."
Kommissar Bloch nickte. „Da hatten Sie Ihren Hund sicher nicht mit, oder?", mutmaßte er.
„Nein, natürlich nicht. Rufus war hier."
„Ein wichtiger Hinweis", meinte Bloch.
– Inwiefern?

Unter Brüdern

Der Unternehmer Toralf Hopperdanz war wie vom Erdboden verschluckt. Seine Ehefrau hatte ihn als vermisst gemeldet, nachdem er über Nacht nicht nach Hause gekommen war. Am Tag seines Verschwindens war er wie immer den ganzen Tag in der Firma gewesen, hatte danach kurz mit seiner Frau telefoniert, war aber nicht nach Hause gekommen, sondern zu seinem Bruder gefahren. Von diesem Treffen hatte Frau Hopperdanz gewusst. Ihr Mann hatte allerdings nicht verraten, was er bei seinem Bruder wollte. Die Brüder hatten kein gutes Verhältnis zueinander, wie Frau Hopperdanz berichtete. Immer wieder hatte es erbitterten Streit gegeben. Als ihr Mann nicht nach Hause kam und auch am nächsten Morgen nicht wieder auftauchte, hatte sie die Polizei verständigt.
„Ich hab schon letzte Nacht seinen Bruder, den Hans-Peter angerufen“, sagte Frau Hopperdanz unter Tränen. „Er behauptet, Toralf sei gestern Abend gegen zwanzig Uhr wieder in sein Auto gestiegen. Und betrunken war er da auch nicht.“
Kommissar Bloch versuchte etwas linkisch, die Frau zu trösten. Ausgerechnet heute war Jaschke nicht da. Der konnte so etwas besser. Er ließ sich die Adresse des Bruders sowie die Adresse seines Arbeitgebers geben und

machte sich auf den Weg. Hans-Peter Hopperdanz war Automechaniker. In der Werkstatt traf der Kommissar ihn jedoch nicht an. „Hat sich krankgemeldet. Seit gestern", war die knappe Auskunft. Also fuhr Harald Bloch zur Wohnung des Mechanikers.

Als Herr Hopperdanz die Tür öffnete, sah er gar nicht krank aus. Ein wenig müde vielleicht, dachte Bloch. Der Kommissar wies sich aus und Hopperdanz ließ ihn nach einem kurzen Zögern hereintreten. Vielleicht wollte er nicht, dass die Nachbarn etwas vom Besuch der Polizei mitbekamen. Sie gingen in ein spärlich möbliertes Wohnzimmer. Einzelne Ikea-Möbel und wahrscheinlich über lange Jahre mitgeschleppte oder geerbte Scheußlichkeiten bildeten ein seltsames Ensemble. Ganz klar ein Junggeselle, dachte Kommissar Bloch. Auf einem Couchtisch stand ein Adventskranz mit dicken roten Kerzen. Das war der einzige Adventsschmuck. Sie nahmen an einem kleinen Tisch in der Ecke Platz.

„Ja, mein Bruder kam gestern gegen 18 Uhr. Und zwei Stunden später ging er wieder. Da war er bei bester Gesundheit." Ein umfassender Bericht war das nicht gerade, und so fragte Harry Bloch nach.

„Worum ging es denn bei Ihrem Treffen? Ihre Schwägerin sagt, dass es zwischen Ihnen beiden oft Streitigkeiten gab."

„Streit? Ach nein. Das ist doch längst vorbei." Hans-Peter Hopperdanz lachte laut, wobei der beachtliche Bauch unter seinem Sweatshirt auf und nieder hüpfte. „Wir wollten uns bloß mal sehen. Ein Adventsnachmittag unter Brüdern, verstehen Sie? Wir haben ein Bierchen getrunken und uns nett unterhalten. Sehen Sie, wir saßen hier an diesem Tisch. Ich hab sogar den Adventskranz rübergeholt und die Kerzen angezündet. Sehen Sie hier, wo das Wachs runtergekleckert ist?“ Er deutete auf ein paar grüne Wachsflecken auf der Tischplatte. „Also wir haben nicht gerade Adventslieder gesungen, aber die Stimmung war doch harmonisch, das kann ich Ihnen sagen.“

Zufrieden lehnte er sich auf dem Stuhl zurück, der bedrohlich quietschte. In diesem Moment sprang aus einer Kuckucksuhr an der Wand der Kuckuck hervor. Es war zwölf Uhr mittags.

Bloch kramte in seiner Hosentasche, bis er ein Taschentuch fand, mit dem er sich umständlich schnäuzte. Wer den Kommissar gut kannte, der wusste: Das war ein Zeichen, dass er kein Wort glaubte. Aber der Herr Hopperdanz kannte ihn nicht. Er sah den Kommissar mit einem aufrichtigen Gesichtsausdruck an.

– Was hat Kommissar Bloch stutzig gemacht?

Vergiftete Stimmung

Kommissar Harald Bloch stand inmitten des großen Saals, der mit Tannenzweigen, Strohsternen und Kerzen adventlich für die Betriebsweihnachtsfeier des christlichen Bildungshauses geschmückt worden war. Es roch nach Glühwein und Gänsebraten und die Festgesellschaft war in heller Aufregung. Soeben hatte der Notarzt den Chef des Bildungshauses St. Margarethen abtransportiert. Er war nach einem Bissen des Hauptgangs plötzlich blass geworden und vom Stuhl gefallen und schwebte nun in Lebensgefahr.

Frau Lange, seine Sekretärin, hatte veranlasst, dass sofort auch die Polizei gerufen wurde. Sie hatte mit dem Chef an einem Vierertisch gesessen und ihr waren die kleinen dunklen Krümel aufgefallen, die auf dem Teller des Chefs auf den Klößen lagen, von denen er als Letztes gegessen hatte. Frau Lange hatte sich am Buffet ebenfalls von den Klößen genommen, und bei ihr hatten die keine dunklen Krümelchen. Frau Lange war nicht nur eine überaus kluge Frau, sie war auch Krimileserin und hatte vor Kurzem einen Krimi über Giftmorde gelesen. Daher schöpfte sie gleich Verdacht.

„Den Teller bitte nicht abräumen", sagte Kommissar Bloch, „den schicken wir ins Labor und untersuchen das. Wer saß denn noch bei Ihnen am Tisch?"

Frau Lange berichtete, dass außer ihr und dem Chef zunächst sein Assistent, Herr Kellerbier, und die Studienleiterin Frau Meier am Tisch Platz genommen hatten und dass später die Referentin für Erwachsenenbildung Frau Schwarz sich mit dazugesellt hatte, weil an den anderen Tischen kein Platz mehr war.
„Sie saßen zu fünft am Vierertisch?“, fragte der Kommissar, was Frau Lange bestätigte. Dann ließ er sich im Detail von allen Beteiligten den Ablauf des Abends schildern. Es ergab sich folgendes Bild: Zunächst hatte der Chef eine etwa vierzigminütige Rede gehalten und dann das Buffet eröffnet. Eine lange Schlange bildete sich am Buffet, denn alle waren mittlerweile recht hungrig.
Der Chef, Herr Kellerbier und Frau Schwarz stellten sich zusammen an, die anderen warteten noch. Der Chef hatte sich beim ersten Mal nur eine Champignonsuppe genommen. Während er diese aß, standen Frau Meier und Frau Lange in der Schlange. Herr Kellerbier hatte sich reichlich und bunt durcheinander aufgetan, vor allem Klöße, Steak, Hühnchen und Nudelsalat. Frau Schwarz hatte Fisch genommen und kämpfte längere Zeit mit den Gräten. Ehe der Chef zum zweiten Mal ans Buffet ging, waren Frau Meier und Frau Lange mit vollen Tellern wiedergekommen. Frau Lange hatte sich den Teller voll Salat gepackt, der aber schnell gegessen war. Frau Meier hatte sich bei Baguette und Käse bedient und aß langsam und mit Genuss.
Als Frau Lange das zweite Mal zum Buffet ging, nahm sie von den Klößen und dem Rotkohl. Einige Zeit nach ihr kam der Chef ebenfalls mit Klößen, Rotkohl und einer großen Gänsekeule vom Buffet zurück. Da war Frau Lange bereits fertig und ging noch einmal los, um mal nach Dessert zu schauen. Herrn Kellerbier, der sich gerade auf

eine Zigarette nach draußen verdrücken wollte, überredete sie mitzukommen. Mousse au chocolat sei schließlich gesünder als Nikotin. Frau Meier aß noch immer an ihrer Käsesammlung. Frau Schwarz hatte den Fisch endlich verspeist, meinte ebenfalls, dass Dessert eine gute Idee sei, und verließ den Tisch noch einmal. Während sie gemeinsam nach Dessert anstanden, kam der Chef noch einmal kurz beim Buffet vorbei, da er eine Gabel für sein Hauptgericht suchte.

Als Frau Lange mit ihrem Dessert wieder an den Tisch kam, hatte der Chef schon die halbe Gänsekeule gegessen und wandte sich eben den Klößen zu, woraufhin das Unglück seinen Lauf nahm.

„Vielen Dank", sagte Kommissar Bloch, nachdem sich aus den Berichten der Ablauf so zusammensetzen ließ. „Ich danke Ihnen allen. Der Fall ist – wie soll ich das sagen, ohne dass es sarkastisch klingt –, der ist klar wie Kloßbrühe."

– Wer hat versucht, den Chef zu vergiften?

Die Kunst der Fälschung

„Kinder, heute dachte ich, es sei schon Weihnachten“, sagte Ottmar mit einem zufriedenen Seufzer und ließ sich schwer auf die Couch fallen. Daniela hatte ihren Bruder zu den Blochs eingeladen. Schon wieder. Harald Bloch nahm missmutig in einem Sessel Platz. Für seinen Geschmack sah er seinen zwielichtigen Schwager dieses Jahr ein bisschen zu häufig.

„Stellt euch vor“, erklärte der nun selbstgefällig, „heute hab ich das Geschäft meines Lebens gemacht. Eine frühe Zeichnung von van Gogh. Der nächste Urlaub ist geritzt. Und ein schönes Auto könnte ich mir eigentlich auch ...“

„Hast du nicht noch ein paar Schulden zu bezahlen?“, warf Harald Bloch beiläufig ein.

„Ein van Gogh, bist du sicher?“, fragte Daniela. „Der taucht doch nicht einfach so auf dem Kunstmarkt auf. Könnte der gestohlen sein?“ Sie servierte ihre selbstgebackenen Lebkuchen zum Kaffee.

„Nein, der ist gefälscht“, entgegnete Ottmar seelenruhig. „Aber so professionell gefälscht, den kann ich gut verkaufen.“

„Ist das dann nicht Betrug?“, fragte Blochs Sohn Benjamin und biss in einen Lebkuchen. Bloch nickte nachdrücklich. Sein Sohn! Der hatte einen moralischen Kompass und das Herz auf dem rechten Fleck.

„Woher weißt du, dass der gefälscht ist?“, fragte Daniela.
„Na ja, wie gesagt, eine sehr gute Fälschung. Auf den ersten Blick sieht man es nicht. Eine Bleistiftzeichnung aus van Goghs frühen Jahren. Auf einem kleinen Stück Papier von ziemlich schlechter Qualität. Genau das, was der arme Schlucker sich damals leisten konnte. Es ist eine Ansicht von Den Haag, wo van Gogh in der Kunsthandlung Goupil & Cie eine Ausbildung machte. Also so ein paar Häuser und ein Pferdekarren auf der Straße, eine Brücke und ein paar kahle Bäume. Unten rechts ist die Zeichnung signiert: ‚van Gogh, 1871‘. Das Format ist ungefähr 14 mal 12 Zentimeter und eine Seite ist auch noch schief mit einer Schere geschnitten. Na, ich kenne zwei oder drei potentielle Käufer, die werden dafür mit Kusshand ein schönes Sümmchen hinblättern. Prost!“ Er trank seinen Kaffee aus und hielt Daniela die leere Tasse hin, damit sie nachschenkte.
Harry Bloch spürte, wie der Ärger in ihm wuchs. Er räusperte sich umständlich, weil ihm im Augenblick die Worte fehlten.
„Der ungelenke Stil seiner frühen Zeichnungen ist richtig gut getroffen“, fuhr Ottmar gut gelaunt fort. „Die dicken Umrisslinien und die Fenster wie mit dem Lineal gezogen. Ich könnte schwören, dass es ein echter van Gogh ist. Bis auf dieses eine Detail eben.“
– Welches Detail meint er?

Dampflok im Schnee

Seit Wochen schon erpresste ein Unbekannter eine große Drogeriekette. Er zündete kleinere Sprengsätze in verschiedenen Filialen der Kette und drohte, demnächst „ein richtig großes Ding“ hochgehen zu lassen, wenn er nicht eine Million Euro bekäme. Die Lösegeldübergabe ging mehrmals schief, doch der Erpresser konnte nicht geschnappt werden. Nun stand ein neuer Versuch an. Das Geld sollte auf der Bahnstrecke zwischen Leipzig und Dresden aus einem Zug geworfen werden, sobald der Erpresser den Mitarbeiter im Zug anriefe. Der genaue Ort der Geldübergabe stand also vorher nicht fest.

Kommissar Bloch durchkämmte mit Dutzenden anderer Kollegen das Gelände entlang der Zugstrecke. Der Zug mit dem Lösegeld würde erst in zwei Stunden losfahren, aber möglicherweise war der Täter schon vor Ort. Es war ein Mittwochnachmittag gegen halb vier; die Sonne würde bald untergehen.

Harald Bloch streifte gerade mit seinem Kollegen Markus Jaschke durch einen lichten Nadelwald mit hohen, kahlstämmigen Kiefern und Fichten an einem sehr geraden Streckenabschnitt zwischen Dresden und Leipzig, als ihnen ein Mann auffiel. Er war ganz in schwarz gekleidet, trug eine große Sporttasche bei sich und duckte sich hinter

ein Gebüsch direkt an der Bahnstrecke. Ein Pilzsammler konnte das zu dieser Jahreszeit ja wohl nicht sein!
Bloch und Jaschke sprachen den Mann an und fragten, was er hier tue und ob er sich ausweisen könne. Der Mann stellte sich als Rainer Ebeling vor. Nein, er habe nicht versucht, sich hinter dem Gebüsch zu verstecken, erklärte er. Vielmehr habe er nach dem perfekten Winkel für ein geplantes Foto gesucht.
„Nachher kommt doch ein Zug mit einer alten Dampflok aus Richtung Dresden hier lang. Sonderfahrt. Und mit dem Schnee hier", der Mann gestikulierte in die Gegend, die tatsächlich auf das Wunderschönste verschneit war, „und mit dem Sonnenuntergang im Hintergrund, was meinen Sie, was für ein geniales Fotomotiv das ist!"
Tatsächlich zog er nun eine Kamera mit Objektiv aus der Sporttasche, die allerdings, wie Kommissar Bloch bemerkte, ansonsten leer war, ja nicht einmal ein Stativ enthielt.
Jaschke sagte streng: „Das mit dem Zug werden wir überprüfen. Wann soll der angeblich fahren?" Er holte einen Notizblock aus der Tasche.
„Das können wir uns, glaube ich, sparen", bemerkte Harry Bloch.
– Warum?

Stille Nacht

Die Nacht zum 24. Dezember war alles andere als still gewesen, zumindest in der Haydnstraße. In den sehr frühen Morgenstunden wurde die Polizei von einer Anwohnerin wegen nächtlicher Ruhestörung gerufen. Es klinge aus dem unteren Stockwerk wie eine Party und ein entsetzlicher Streit gleichzeitig. Sie sollen sich beeilen; am Ende werde noch einer umgebracht.

Kommissar Bloch hatte gerade Dienst und fuhr mit seinem Kollegen Jaschke in die Haydnstraße. Der Berufsverkehr würde frühestens in zwei Stunden beginnen. Noch waren sie fast allein auf der Straße. Die Stadt lag still und friedlich da. Schade, dachte Bloch, dass ihre Bewohner nicht ebenso still und friedlich in den Betten lagen, zumindest nicht alle. Es hatte in der Nacht wieder frisch geschneit. Alles, was in einem gewöhnlichen Dezember trist und grau aussah, wirkte nun wie von der Schneeschicht verzaubert. Es war ... ihm fiel das rechte Wort nicht ein ... „fast poetisch."

„Was?", fragte Jaschke, der am Steuer saß.

„Ach nichts. Schau mal, hier ist es." Bloch hatte die Hausnummer 23 entdeckt. Die Straßenränder waren zugeparkt und so mussten sie in zweiter Reihe halten. Noch kein Auto war an diesem Morgen weggefahren; der Schnee lag auf Straße wie Gehweg gleichermaßen unberührt da.

Sie stiegen aus dem Wagen, Kommissar Bloch legte lauschend den Kopf in den Nacken und sah an dem Haus empor. Von Ruhestörung war nichts mehr zu vernehmen. Nur aus einem spaltbreit geöffneten Fenster im Erdgeschoss klang Musik, allerdings nicht sehr laut. Er schloss kurz die Augen und atmete die eisige Luft tief ein. Wieso war ihm heute so friedlich zumute? – Ach ja, Weihnachten. Jaschke las bereits die Klingelschilder. Angerufen hatte eine Frau Markwart, die sich über die Mieter in der Wohnung unter ihr beschwert hatte.
„Das müssen die hier im Erdgeschoss sein", sagte Jaschke und tippte auf das Namensschild, auf dem drei unterschiedliche Namen standen, die Bloch im Schein der Straßenlaterne kaum entziffern konnte. Wahrscheinlich eine WG. Jetzt hörte man durch das Fenster Stimmen, nicht übermäßig laut, aber allem Anschein nach waren mehrere Personen wach. Bloch klingelte.
Der Türsummer ertönte fast augenblicklich und die Kommissare betraten den Hausflur. Aus der angelehnten Wohnungstür im Erdgeschoss rechts blickte ihnen ein etwa dreißigjähriger Mann entgegen. Er trug ein etwas zerknittertes Hemd, eine Jeans und hatte einen beachtlichen Vollbart. Als er ihre Dienstuniformen sah, trat er in den Hausflur hinaus und zog die Wohnungstür hinter sich zu.
„Guten Morgen, Herr ... äh", begann Kommissar Bloch, doch der Angesprochene blieb stumm und verschränkte lediglich die Arme vor der Brust.
„Bürger, können Sie sich ausweisen?", fuhr Jaschke ihn an. Er hatte manchmal ein etwas dünnes Fell. Bloch legte ihm kurz die Hand auf den Arm als Zeichen, dass er einen Gang herunterschalten solle.
„Sie wohnen hier?", fragte er freundlich.

Der Mann nickte und hustete kurz. „Sorry", sagte er. „Ist noch früh."
„Eine Nachbarin hat sich beschwert, weil es bei Ihnen ein bisschen laut geworden war. Aber das scheint ja jetzt vorbei zu sein. Ist alles in Ordnung bei Ihnen?", fragte Bloch weiter.
„Ja, Mann, das waren wir nicht. Wer hat sich beschwert? Die Markwart?"
„Sind Sie ganz sicher, dass Sie das nicht waren?", fragte Jaschke gereizt.
„Das kam aus dem Haus gegenüber", meinte der Bärtige. „Drüben in der 24. Ich hab's auch gehört. Ne richtig große Party. Voll die Ruhestörung. Ich bin vor ein paar Minuten sogar raus und hab auf der Straße gebrüllt, sie sollen das leiser machen. Hat dann ja auch gewirkt."
„Das glaub ich jetzt nicht", meinte Bloch.
– Warum denkt er, dass der Mann lügt?

Lösungen

1 Den Sohn. So wie er gekleidet ist, mit zugeknöpftem Hemd unter dem Pullover und Turnschuhen an den Füßen, kann er nicht eben erst vom Schrei der Mutter aus dem Bett geholt worden sein.

2 Die Ehefrau lügt. Angeblich hört sie nachts so gut wie nichts, weil sie immer Ohrstöpsel trägt, aber sie ist morgens von Vogelgezwitscher geweckt worden, das sie mit Ohrstöpseln kaum gehört haben kann.

3 Wenn der Verdächtige eine Mütze getragen hat, kann der Küster nicht gleichzeitig gesehen haben, ob er eine Halbglatze hatte.

4 In Mengen ab 15 g ist Muskatnuss tödlich. Bloch fürchtet, dass Heidrun ihren Mann demnächst mit einer Überdosis aus dem Weg räumen will, da die Gelegenheit wegen des verlorenen Geschmackssinns günstig wäre.

5 Eine Mondsichelmadonna steht, inspiriert von der biblischen Offenbarung des Johannes, immer auf einer Mondsichel: „Dann erschien ein großes Zeichen am Himmel:

eine Frau, mit der Sonne bekleidet; der Mond war unter ihren Füßen und ein Kranz von zwölf Sternen auf ihrem Haupt." (Offb 12,1)

Die mit dem Morsecode gesendete Botschaft lautet „TDO", das Autokennzeichen für den Landkreis Nordsachsen (Torgau, Delitzsch, Oschatz), wo der Entführer sein Opfer festhält.

Die Frau des Vermissten wusste schon vorher, dass diesmal nur fünf Blumensträuße nötig sein würden, weil einer der vier Solisten nicht auftauchen würde. Hat Angelika Kerber ihrem Mann etwas angetan?

Ihr ist es peinlich, dass sie ein Geschenk, das sie selbst von jemand anderem bekommen hatte, an die alte Nachbarin weitergeschenkt hatte. Der vergiftete Likör stammt ursprünglich nicht von ihr, aber sie ahnt vermutlich inzwischen, wer ihr dieses Geschenk in mörderischer Absicht vor die Tür gestellt hat.

Götze hat seinen ehemaligen Chef vorm Bäcker abgepasst, ihn irgendwo hingefahren und ermordet, dann in einem der zugefrorenen Seen versenkt und seinen Mohnstollen mitgenommen.

Ölfarbe muss länger trocknen. Wenn das Bild in Öl gemalt war, konnte der Maler es nicht am gleichen Tag malen und einpacken. Sein Alibi wäre also nicht dicht.

11 Uhlig. Der hat angeblich die ganze Nacht durchgeschlafen, aber trotzdem die dunkle Straße beim Stromausfall bemerkt.

12 Um einen Schneeball zu formen, braucht man zwei Hände. Der angebliche Verfolger kann unmöglich die ganze Zeit die Bratwurst in der Hand gehalten haben, in die er am Ende gebissen haben will.

13 Kommissar Bloch. Die Schüssel war mit einem Tuch abgedeckt. Er hätte eigentlich nicht wissen können, ob der Teig Spuren aufwies oder nicht. Er hat aber selbst genascht und den Teig anschließend wieder glattgestrichen.

14 Kugelschreiber gibt es erst seit etwa den 1940er Jahren, Roald Amundsen lebte von 1872 bis 1928.

15 Beide Nachbarn wussten Dinge, die sie nicht hätten wissen können, wären sie unschuldig. Herr Funke wusste, dass jemand versucht hatte, am Tatort einen der Weihnachtsbäume zu fällen, obwohl Kommissar Bloch davon nichts erzählt hatte. Herr Müller wusste, dass das Opfer mit einer Axt erschlagen worden war. Auch davon hatte Bloch nichts erzählt. Sie waren beide an der Tat beteiligt und wollen nun den Verdacht auf den Förster lenken.

16 Im Advent ist die liturgische Farbe Violett und Priester tragen einen violetten Talar.

Vermutlich war einer der Eisklötze die Tatwaffe. Nach der Tat ist er geschmolzen, weswegen das Opfer nasse Haare hatte.

Astrid ist die Bücherdiebin. Das schwarze Haar stammt von ihrer Katze. Als „Glückskatzen“ werden dreifarbige Katzen bezeichnet, die also auch schwarze Flecken im Fell haben.

Wenn der Hund jeden Fremden anbellt und der Nachbar ihn den ganzen Tag nicht gehört hat, dann muss der Einbrecher jemand gewesen sein, den der Hund gut kennt. Eventuell wurde der Einbruch von dem Ehepaar Hennecke nur vorgetäuscht, um die Versicherung zu betrügen.

Die roten Kerzen auf dem Adventskranz hätten keine grünen Wachsflecken auf dem Tisch hinterlassen.

Das Gift konnte nur auf den Teller des Chefs gelangen, als jemand damit allein am Tisch war. Die Gelegenheit hatte Frau Meier, als der Chef noch einmal vom Tisch wegging, um sich eine Gabel zu holen, und alle anderen Kollegen in der Schlange anstanden, um sich Dessert zu holen.

Van Gogh hat seine Bilder nie mit seinem Nachnamen signiert, sondern stets mit „Vincent“.

23

Ein Zug aus Dresden Richtung Leipzig fährt gen Westen, kann also keinen Sonnenuntergang als Hintergrund haben, wenn man ihn der schönen Lok wegen von vorn fotografiert.

24

Der Schnee war unberührt, als der Kommissar kam. Der Mann kann also nicht eben erst auf die Straße gelaufen sein.